ALICIA   REBOLLEDO

LA

AVENIDA

REVOLUCION

Aviso a Bibliotecarios: La catalogación bibliográfica de este libro se encuentra en la base de datos
de la Biblioteca y Archivos del Canadá. Estos datos se pueden obtener a través de la siguiente
página web: www.collectionscanada.ca/amicus/index-e.html

Impreso en Victoria, BC, Canadá.

ISBN: 978-1-4269-1017-3 (sc)
ISBN: 978-1-4269-1019-7 (eBook)

*Nuestra misión es ofrecer eficientemente el mejor y más exhaustivo servicio de publicación de libros en
el mundo, facilitando el éxito de cada autor. Para conocer más acerca de cómo publicar su libro a su
manera y hacerlo disponible alrededor del mundo, visítenos en la dirección www.trafford.com*

Trafford rev. 08/14/09

 www.trafford.com

Para Norteamérica y el mundo entero
llamadas sin cargo: 1 888 232 4444 (USA & Canadá)
teléfono: 250 383 6864 ♦ fax: 812 355 4082

ALICIA REBOLLEDO

LA

AVENIDA

REVOLUCION

A todas las madres del mundo, especialmente a la mía y a la de mi esposo, Doña María Esther y Doña Benita, cuyas ejemplares y dolorosas vidas pusieron en nuestros espíritus la semilla del Amor.

Cuando tu mente deje atrás la oscura selva del error, irás más allá de las escrituras de los tiempos idos y de los que están todavía por venir.

Cuando tu mente —que puede estar titubeando en las contradicciones de varias escrituras— llegue a descansar inconmovible en la divina contemplación, entonces la meta del Samadhi será tuya.

El Bhagavad Gita 2, 52, 53.

INDICE

PROLOGO

¿De qué puntos del cosmos o del universo psíquico podría vislumbrarse mejor al fantasma de La Avenida Revolución? ¿A qué sitio de Mesoamérica, o de Aridamérica… viajaremos, para intentar abrazar los límites de la dimensión humana de "la Suave Patria", alacena y pajarera, y también de la no tan suave y no alacena, dónde por ejemplo las águilas descienden para tomar a sus presas?

¿Sería suficiente el abecedario español para calificar con acierto la novela? **A**trevida, **b**arroca, **c**ompleja, curativa, directa, estremecedora. ¡Ah! más nos vale abordar su poético carrusel o singular manège de figuras deslizantes: surrealista, simbólico, soñador, sublime, sicoanalítico, sibarita, sofocante, suculento, sufriente, sortilégico, y ¡s**az**! aquí llegamos, a **Z**acatecas; cambiemos de revolución los discos de las poleas; montemos en un teleférico, y ascendamos a la cima de "la Bufa" (no os asustéis al ver por ahí al espíritu a caballo, de Pancho Villa) para que embriagados con vinos de Jerez, alumbremos, no sólo la frontera de la ciudad andaluza, sino al incalificable y colorido paisaje mexicano, a la frontera del norte y a tantas otras fronteras como la imaginación lo permita.

¡Lentes para las pupilas: concentrad la luz o lanzadla ad infinitum!

Llenad vuestras orbitarias copas de éter, y amalgamad en vuestra urdimbre de iris, los multicolores haces —signos, símbolos, alegorías o arquetipos— extraídos no del sombrero de un mago, sino del polifacetismo de un prisma o de la legendaria lámpara de Mnemosine —la diosa de la memoria—, quién irradiándose a todos los cuerpos celestes, traspasa las cortezas o barreras óseas… —de cal y de arena— y alumbra en las fuentes donde beben poetas y dioses mitológicos. ¡Bienvenidos a este surtidor, cuyas danzarinas o bailarines serán los representantes de la polaridad : El cielo y el infierno; ángeles y demonios; Eros y Thanatos!

En el elixir o telar de esta hilandera cósmica, vertido en la Avenida Revolución, se tejen —desatándose— dimensiones distantes en espacio y tiempo; todo, bajo el embrujo de flashazos oníricos —y reales—, amenazantes a veces en forma de una crisis disociativa o de migraña, pero también bajo la hermosa caricia de un sinfín de carruseles, acompasados con música de percusiones —octosílabas— organilleros y acordeones, que en movimientos circulares lanzan a los aires las manivelas de un "órgano de Barbarie"; que lo mismo pueden conducir, cuales cuerdas manecillas de un reloj, a

"L´ hymne à l´ amour" o a contracorriente, extraviadas, desobedeciendo las leyes de la mecánica, a "la Foule" de Madame Piaf (sean las multitudes de tantas épocas discurriendo por míticas avenidas) o a otros rincones nostálgicos de flama inextinguible. Y he aquí la pupila clave o punto de convergencia donde se esfuman las fronteras; trátese de un sublime ángelus en los valles y desiertos californianos, con el brillo en cristales, conteniendo vinos, o delirios dorados (espejismos en ríos) en ojos de gambusinos ; o bien, de sudarios, lienzos y manuscritos, donde se plasmaron las flores de Tonantzin, las almas de los pintores impresionistas y de aquéllos que, impresionados, compartieron la locura, histeria y epilepsia —cuales Freud y Charcot— en los hospicios o semilleros de la neurología clínica revolucionaria.

El hidalgo de dolores, o de Dolores Hidalgo, José Alfredo, creció tanto en el amor, que nos cantó reiterativo: ¡La Vida, no vale nada! Y quiso negar su origen, expresando que venía de un lugar donde el dolor no existía: ¡Ah! "Un mundo raro" no hay que dudarlo.

Paralelamente, La dama o personaje central de la novela, ubicada al principio en el eje turístico o Avenida Revolución de la ciudad de Tijuana —que bien podría ubicarse en Las Vegas, Pompeya o Palmira—, descendió también de un mundo raro, específicamente del espacio sideral; pero en contraste, no vino a beber a un mundo feliz (no olvidemos al profeta Aldous Huxley) sino al enigmático océano de los sueños, encontrando no sólo perlas u otros eslabones luminosos, sino también, su argamasa o fango: ingredientes esenciales, no sólo de la natura muerta, sino también de la condición humana.

¡Ah! Los artistas, o lo que es una de sus características: la excentricidad, tanto en los despliegues de tinteros sobre lienzos o papiros como en los personajes histéricos; ¿No fueron palabras del mismo Freud: "La histeria es una obra de arte deformada"? ¡Bueno! ¿Y qué acaso la vida no es una gran tragicomedia?

El artista y el histrión caminarán por siempre de la mano. Tal vez por eso la autora, de manera magistral, lleva a escena a las histéricas a las mejores óperas del mundo.

¿La Comedia de París? Quizá una noche anduvo por ahí Van Gogh, pero dada su naturaleza solitaria e introspectiva, sería más fácil encontrarlo en los campos de Auvers-sur-Oise, pintándose los ojos de rojo, no para divertir al público, sino para sorber la luz cual Prometeo, y redimirnos, vaciándola en sus Girasoles. . .

Discurriendo sobre el óleo de la novela, tendréis ante vuestras luminosas copas (orbitarias u ópticas, reitero) el cuadro de "Los siete pecados capitales" del Bosco. Pero ¡cuidado! si vuestra arquitectura neuronal no es muy estable, os recomendaría (por experiencia propia) llevar lentes especiales: no vaya a ser que al asomar al caleidoscopio, las imágenes simétricas proyectadas os produzcan un vahído o una crisis alucinatoria… Empero, si este fuese el caso, y teniendo todo mal, remedio, no os preocupéis, acudid con la gran pintora Remedios Varo, ya que "saliendo del psicoanalista", estaréis libres, no de una, sino de siete máscaras, o extravíos.

¿Noche de Ronda? ¿Noche de Veracruz? ¡No! No son noches de A. Lara. ¿De Lara? … ¡Sí! Son de Lara, y más concretamente de su amor, Zhivago, quien como tal, la autora de la novela hubo de sublimar en la poesía, por sufrir de su marginación como médico, al tiempo de ser testigo de tanto y tanto dolor, y no por la borrasca de la revolución bolchevique, sino por la ausencia permanente

de revoluciones en México (¡Centauro del Norte! ¿Son las alas de tu socorrido Pegaso, tan blancas como sueña tu pueblo?)...

¡No! No es noche de Veracruz bajo aleteos de lentejuelas o de constelaciones mitológicas; es noche en el rincón más norteño de la tierra mexicana —como hay noches también en Montmartre, en otros estados de transición, en los hospitales de La Salpêtrière de París y en todos los nosocomios del mundo—. Escucho entonces el rumor de una canción, que procede de los sonidos del reptar de una gigantesca víbora procedente del sur, que ha dejado atrás los desiertos de Sonora, y especialmente el de La Laguna Salada —paisaje lunar donde emitiera uno de sus últimos cantos Pavarotti— cuya cola cascabelea en "La Rumorosa" y cuyo cuerpo, pletórico de tetas, se trasmuta en montañas en Tijuana, para amamantar a todos los sedientos y buscadores de un retazo de vida. Pero ella también sufre de estragos, por tantos y tantos años de sequía y atropellos. Y humana, al fin y al cabo, la insolada víbora busca mitigar su sed y bébese un kahlúa en La Avenida Revolución antes de entregar su piel y lavar el alma en las gélidas aguas del Océano Pacífico.

¿Qué hora es? Cae una lluvia lenta y pertinaz, como si fuera de siglos; la acera está azulada y tiritan las estrellas en lo alto del firmamento, y en la Avenida Revolución se besan los guiños de los astros con las rosas luces de neón. Los rostros de las mujeres fatigadas se difuman en la neblina, y a lo lejos veo el Arco del Reloj en la frontera y el molino de la vida que desprende polvos de ninfas y efebos.

¿Qué hora es? La aguja roza en el manège a moi. ¿Cuántas idas y AVENIDAS REVOLUCIONarán los discos en los fonógrafos y en los péndulos?

Oscilantes vamos, nosotros, los viajantes nocturnos: sonámbulos, insomnes, cansados de soñar, y hasta carentes de sueños: ¡todos! en una inmensa procesión bajo el imparable tic-tac de las alturas y encaminados hacia un destino común; de repente, surgido de la nada, en medio de esa pluviosa noche de verano, aparece Julio Verne, insuflándonos un gigantesco globo, cuya fantástica policromía nos reanima e impulsa a abordar su base, que pendulante nos mece por la acción de los pesos... y los cálidos vientos circundantes. Finalmente, en uno de esos movimientos, se trascienden los arcos o fragmentos de círculos y el aeróstato se desprende. El globo asciende y asciende. Abajo queda el hermoso enjambre de luces —que no alcanzó a conocer la Tía Juana—, y un pesado y doloroso muro, serpenteante y plateado, cargado de cruces. Traspasamos el espacio gravitacional. Contemplamos un nuevo universo, hecho a imagen y semejanza del mundo terrestre —como si fuese un espejo—. Y entre estrellas (con cruces) aparecen Juan Diego, Juan Rulfo y Juan Pablo II, ante una pletórica luna, rondando infatigable, como si fuese una ostia divina o el sagrado maná, que hace emerger de las almas, la eterna poesía.

J. Emilio Garmendia

PRIMERA PARTE

I

En ritmos oscilantes
en el cosmos del sueño
se asoman las pupilas
con movimientos péndulos:
A peñones y abismos
a montes cenicientos
a un primitivo océano
de angustias y de miedos.
Voy bajando a los valles
donde pacen los vientos
en pausas giratorias
y espirales de **Orfeo***…*
Voy bajando a los tártaros
al círculo de fuego
donde brotan los géiseres
en cascadas de anhelos…
Hay curvas y pendientes
y escalones etéreos
catedrales flotantes
con reliquias y espectros.
Costumbres de otras épocas
acordeones genéticos
impulsos no cumplidos
del clan de los ancestros…

Símbolos de otros mundos
señales y retruécanos
mensajes de ultratumba
o expedientes secretos:
Del Talmud y la Torah
de "Rollos del Mar Muerto"
de profetas y místicos
de los cuatro Evangelios.
El Calendario Azteca
y el Oráculo de Delfos
señalan los rituales
de mexicas y griegos.
Piras de sacrificios
de creyentes y ateos
en el soleado Anáhuac
o en playas del Egeo.
Descienden del Olimpo
de verdades sedientos
deidades, entelequias
y humanos imperfectos:
Furiosa la madre **Rea**
con **Cronos**, *el dios del Tiempo*
por devorar a sus hijos
sin piedad ni miramiento,
puso en las manos de **Zeus**
la muerte como remedio.
Y al deglutir una piedra
envuelta en un pañal negro
vomitó el Padre a los niños
que a la vida renacieron.
Para obtener la conciencia
y la luz en el cerebro
le robó una chispa al sol
el gallardo **Prometeo**.
Mas al saber esa hazaña

enojado el dios del Trueno
lo encadenó en un peñasco,
a merced del frío y el viento,
aislado de luz divina,
dejando su vientre expuesto,
a la codicia de un **águila**
quien lo devora por dentro.
Hércules muere en la pira
por **Deyanira** y sus celos
y **Aquiles** perdió la vida
como un héroe combatiendo.
Casandra ha vaticinado
la caída de un imperio,
por el "**Caballo de Troya**"
pletórico de guerreros.
pero nadie le hace caso
creen que está loca de miedo
y víctima de un secuestro
sucumbe en tierra de griegos.
Ariadna regala un hilo
a su valiente **Teseo**
quien captura al **Minotauro**
que se oculta en el **Dédalo**.
Y el hilo narrativo
en la mente de **Homero**
sale de esa corteza
en pos de otros encuentros:
Rodeado de sus discípulos
muere **Sócrates** muy viejo
sorbiéndose la cicuta
con su toga de maestro.
Y **Jesucristo** muy joven
sin su túnica de esenio
da la Vida por los hombres
suspendido en el madero.

El quinto sol azteca:
Quetzalcóatl *renaciendo:*
tras girar cuatro veces
los circuitos eternos
insufla un caracol
con su potente aliento
y engendra a los humanos
con su sangre y sus huesos.
*La doncella **Tonantzin***
bajó del firmamento
transformada en la madre
de sabios y maestros.
Y en gesto generoso
con su hinchados senos
sustenta a Mesoamérica
de maíz y de versos…
Una peregrinación
que se origina en el tiempo
llega al lago de Texcoco
en busca de un signo regio:
*un **águila** devorando*
cierto reptil del desierto:
*es la **serpiente** sagrada*
que descendió de los cielos
y que sería la columna
vertebral de mis ancestros.
Acamapichtli *da inicio*
al dinámico proceso
de los once emperadores
*adorando al "**Fuego Nuevo**".*
Y tras cumplirse los ciclos
predichos por los maestros
la profecía de un cometa
ve la caída de un reino:
Moctezuma *lapidado,*

los pies *de un prócer ardiendo,*
La Malinche *traicionando*
a sus dioses y a su pueblo.
Tenochtitlán *ya no existe*
sólo queda su recuerdo
queda el **Mictlán** *con* **Coatlicue**
llorando su desconsuelo.
Pero también queda en pie
y hasta en algún árbol viejo
la llorosa **"Noche triste"**
de **Cortés** *y los ibéricos.*
Quedan los indios atados
a prejuicios y a bloqueos
perdidos sus manuscritos
a merced de los saqueos.
Sólo el ayate de un santo
del indígena **Juan Diego**.
recuperó las señales
de las estrellas del cielo:
La **Virgen** *de* **Guadalupe**
con sus ojos en espejo
le devolvió la esperanza
al desconsolado pueblo.
En el claustro está **Sor Juana**
concentrada en sus sonetos
parece que está escribiendo
aquél de "los hombres necios"
(esos jueces impertérritos
que señalan con el dedo
los yerros y los equívocos
surgidos del sexo opuesto)…
Juana de Arco, *la doncella*
que encabezaba un ejército
para darle al rey de Francia
escudo, corona y cetro;

lleva un estandarte blanco
y una Fe dentro del pecho…
*Y la otra "**Juana española**"*
en senderos quijotescos
va cargando un embarazo
y un sarcófago siniestro…
*¿Es esa **Loca** Reina*
que sufre de los celos?
*¿Es **Felipe** el Hermoso*
cargado por su séquito?
Penan todas las noches,
flotan en mis ensueños,
surgen de esa locura
que huele a cementerio…
La cuchilla en lo alto
de un cadalso malévolo
cercena las cabezas
de reyes y plebeyos.
Acusada de estupro
por su furioso pueblo
***María Antonieta** infausta*
*ya sin su **Luis Capeto***
con su cabeza póstuma
es digna de respeto…
En ritmos de campanas
de un cerro de Querétaro
*muere **Maximiliano***
con sus dos compañeros…
Zarpa un barco de América
con un crespón de duelo
van los amores trágicos
de nobles europeos.
Las olas del océano
transmiten los lamentos
*de una **paloma** blanca*

que se está despidiendo:
¡Válgame Dios! ¡Chinita!
Se llevan tu recuerdo
Carlota *va muy triste*
está ya enloqueciendo…
*Y la **Llorona** surge*
en algún río de México:
No busca a sus amantes,
busca a sus hijos muertos.
Inscripciones en lápidas
de panteones hebreos
evocan los clamores
de la gente en los "ghettos"…
*Se enciende "**El Holocausto**"*
y llena de humo negro:
Auschwitz, Dachau, Bergen-Belsen,
el exterminio de un pueblo.
*¿Dónde quedó **Ana Frank***
con su diario y sus anhelos?
¿Dónde quedaron los nombres
de tanta gente sufriendo?
*El padre **Kolbe** en Polonia*
por nazis fue prisionero
y sin pensarlo dos veces
dio su vida por un reo.
En Centroamérica muere
*el obispo **Oscar Romero***
defendiendo a El Salvador
de injusticias del gobierno.
También mueren los jesuitas
que en escuelas impartieron
La Teología de los pobres
Los Salmos y el Evangelio.
En penitencia eterna
regresan los espectros

9

*vuelven de "**Tierra Santa**"*
frustrados y perplejos.
Y al no hallar las respuestas
que alivien sus tormentos:
Se desgarran sus túnicas
se erigen en un duelo
rompen los cortinajes
y lloran en sus templos.
Con ritmos de rosarios
Réquiems y Padres Nuestros
con fervor yo les rezo
a mis padres y abuelos.
Se consuma el sacrificio
de mi espíritu y mi cuerpo.
Se despoja de sus máscaras,
se descarna por completo.
Una copa que rebosa
la traición y el veneno.
La ingiero de un solo trago
y muero sin ver que muero…

Ignoro por qué razón, me parece que acabo de escuchar el eco lejano de un coro de fantasmas, una vocalización inarmónica que – ¡Uf! –finalmente, después de tantos años, se atrevió a pronunciar en voz alta un etéreo e inasible poema tejido precisamente con los encajes de mis sueños… Una espiral de arquetipos, señales y símbolos que –como la cadena del ADN– en una olvidada época de juventud llegaría a danzar vertiginosamente en mi cerebro y que quizás por olvido, negación, regresión, evasión, desplazamiento, proyección o cualquier otro mecanismo de defensa del Ego –incluyendo la cobardía y el miedo– nunca me había arriesgado a sacarlo a la luz… ¿Será un fragmento de "***Los Siete Sermones de los muertos***"?

No, ni al caso. Es posible que sea una especie de acertijo conteniendo *claves secretas* de mi inconsciente femenino, ocultas en un cofre parecido a la *Caja de **Pandora*** que poseía la hermosa y tentadora ***Eva*** de los griegos, o bien a esa vasija de cerámica albergando las plumas sagradas de ***Xochiquetzal.*** Esos curiosos signos que el destino, por alguna causa que no me es posible conocer, me heredara directamente a mí. Me parece que tal *secreter*, además de mantener entremezcladas un cúmulo de emociones pertenecientes al *id* –el profundo sótano del ser–, ha resguardado a todos los personajes que he venido representando a lo largo del tiempo, sin importar lo bellos o grotescos que sean…

Podría ser también un mítico y poderoso conjuro capaz de disolver *encantamientos*, *bloqueos* y *morbosas ligazones psicológicas*, sobre todo las que por siglos me han mantenido directamente conectada con *"Las Parcas"*, es decir: con las horribles brujas emisarias de la muerte...

Sea lo que fuere, es probable que contenga el poder mágico de desbaratar un *tétrico maleficio* que a la manera de un *tumor maligno*, está adherido a las telarañas de mi espíritu, manteniéndome peligrosamente inmóvil, enclaustrada y exánime; algo así como un *nefasto embrujo*, por cierto muy parecido al de los cuentos de hadas (por favor no vayan a pensar que se trata de la resurrección de *La Bella Durmiente* que emergió de su sortilegio después de estar cautiva en una cápsula de cristal, ni de cualquier otra escena mágica de los clásicos de Perrault, sino de mi salida milagrosa de ese mítica **Isla de los Muertos** que *Arnold Boeckling* pintara desolada y fría, ocupada únicamente por cipreses y tumbas y en cuyos muelles solía desembarcar **Caronte** con su funesta carga de *ánimas*); ya que apenas me estoy despabilando de un larguísimo *sueño cataléptico* que abarca varias décadas, parecido también a un *trance psíquico* inducido por un ilusionista, y que tal vez por algún precario instinto de supervivencia, se hace confuso e indescifrable cuando arribo al estado de alerta, plegándose tanto que semeja *un antiguo pergamino*, *un códice náhuatl* o hasta *un acordeón europeo*...

El hecho es que cuando por fin abro bien mis ojos, no me es posible desdoblarlo para intentar observar, aunque sea utilizando un enfoque exageradamente miope, el contenido de sus imágenes, ni siquiera en su forma más elemental.

Tales incongruentes íconos, al estar tan lejos de mi alcance, parecen de algún modo decirme que pertenecen a una zona fantástica, a una nebulosa desconocida o quizás a algún circuito cósmico inasequible a las torpezas de mi intelecto; pero que sin embargo con sus esplendorosos y brillantes estallidos ¿No serán como los que emiten los *"pulsars"* o las *"supernovas"* –esos lejanos astros situados a millones de años-luz de distancia– cuando están próximos a desaparecer? ¿O más bien provocados por mis pobres neuronas una milésima de segundo antes de que sucumban a su reloj biológico e irremisiblemente se extingan? Sea la causa que fuere, para mi fortuna ahora mismo son capaces de trascender las desgastadas y añejas fronteras de mi espíritu:

A punto de extinguirse
la luz en mi cerebro
laboran hilanderas
con la rueca del tiempo:
tejen constelaciones
en todo ese universo.
Obsequiando sus haces
de fulgores eternos
estallan en cascadas

11

de juegos pirotécnicos...
Sueños dentro de sueños
en marea de reflejos
policromía de rostros
con máscaras y velos.
Seres dentro de seres
*con **Cronos** al acecho*
marcan tiempo y compases
de valses feneciendo...
***Apolo** majestuoso*
***Venus** dándole el pecho*
*y **Eurídice** nerviosa*
bajando a los infiernos.
En carrusel de infancia
***Edipo** es padre férvido*
es patriarca de estirpes
del tabú y el incesto...
***Electra** se enamora*
sucumbe a un sortilegio
y se anuda en un lecho
*incendiado por **Eros**...*
Danza de los olores
del vientre y de los senos
espasmos bienhechores
en surtidores ebrios...

Ángeles celestiales
y *diablos* contrahechos
cúmulos de habitantes
del **Ideal** y del **Ego**.
Prostitutas y santas
disolutos y clérigos
se burlan de las normas
e intercambian de puestos.
Verdes **Campos Elíseos**
y **Teocalis** enhiestos
en los cielos helénicos
o en glorias de **Cuauhtémoc**,
donde las liras cantan
con artistas eternos,
donde el ser se desdobla
en **Animus** diversos,
donde el alma al fin cae
y queda a ras del suelo.

II

Súbitamente pego un brinco de sorpresa tras efectuar este forzoso y obligado aterrizaje en mi realidad presente, respirando con agitación manifiesta y tocándome varias veces el rostro y el cuerpo, pues estoy empapada, tiritando de frío hasta la médula de los huesos. No obstante a estar temblando, como emergida del fondo del océano Glacial Ártico o quizás de un azaroso estado de "*shock*", en medio de esta incómoda circunstancia, me brota la intuición de que para que finalmente pudiese resurgir de mi pesarosa letargia (en este momento una "*lucecita*" de rayos gama parece decirme que no existía otra manera de hacer que mi tozudo e intoxicado *Ego* reaccionara), algún voluntario se hubiera atrevido a proporcionarme un cubetazo de agua helada, tan oportuno y reanimante como despiadado y brutal.

El frío me cala los huesos
inclemente, a navajazos,
en mis pies corren calambres
mi corazón está helado…
Con la piel azul marmórea
y los miembros escarchados
mis temores van creciendo
como crecen los carámbanos.
El dolor en coyunturas
los escalofríos al máximo
mas la tortura del hielo
al fin me saca del claustro…

Dejando atrás esta eventualidad (algo me dice que "*no hay mal que por bien no venga*"), al sentirme rescatada del hermético mausoleo de mármol en el que sin saberlo, dormía peligrosa e indefinidamente, incluso como dicen los escritores de ciencia ficción: en *animación suspendida*; lo primero que hago, una vez que me he atrevido a estirarme, abandonando así el ovillo de mi posición fetal y al margen de mi ruidoso castañeo de dientes –Brrrr... Brrrr... ya que siento que me estoy descongelando– es percatarme de la nueva imagen que presento, pues reconozco que antes de dormirme tenía una apariencia muy distinta.

Este baño inesperado, pese a mis quejumbres y a mis múltiples objeciones, no ha dejado de tener un efecto benéfico y vivificante.

Dicho de otro modo: no tardo en darme cuenta de que me he convertido en alguien diametralmente opuesto a lo que siempre consideré ser; muy lejos de ese aspecto común y corriente, incoloro, remilgado y hasta irrelevante que habitualmente utilizaba para transitar por mi grisácea vida cotidiana; carente de giros creativos, de motivaciones innovadoras, de atracciones de *alto impacto* que la colorearan de matices tornasolados –así fueran estrafalarios o ridículos, exóticos o artísticos, heroicos o sensuales–, o cuando menos de alguna situación extraordinaria e inusual que a la menor indicación tuviera la capacidad de cambiar ese *microchip tradicional* y *monofásico*, que en tiempos pretéritos me había conectado con la moral y la costumbre que me heredaran mis antepasados, por otro de *enchufes múltiples*, lo cual, expresado tras bambalinas, viene siendo una especie de *estación de relevo* que ofrece numerosas posibilidades de elección, tan atractivas y seductoras como temerarias y riesgosas.

Y cuando digo *"riesgosas"*, algo se empieza a mover en mi cabeza con un sentido armonioso y rítmico: parece ser una canción vernácula que hace mucho tiempo escuché. No la recuerdo bien, pero su última parte está tratando de rimar *"sueños dorados"* con *"mundos raros"*. Pero como no puedo avanzar más, no tengo otra opción que empezar a jugar con sus sonidos:

> *Hay una estación de trenes*
> *suspendida en el espacio*
> *por siglos me está esperando*
> *con sus vagones y carros,*
> *puedo evadirla si quiero*
> *y seguir por otro lado*
> *o tener la valentía*
> *de profanar su candado*
> *penetrar en sus andenes*
> *y viajar a **"mundos raros"**.*

De esta forma, sin haberlo cabalmente deseado, el destino puso en mis manos una especie de clavija multicéntrica y hasta con funciones de *corriente alterna* no exenta de *alta tensión*, que lejos de ser un estímulo poderoso que imperativamente actuara sólo en pos del crecimiento y la armonía interior, le fuera permisible activar también y en un descuido, los extremos antitéticos; ya que Como se verá posteriormente, no sólo sería capaz de conducir a mi alma a la alegría de verse reflejada en el espejo de la divina contemplación, sino que también tendría el alcance de llevarla a las márgenes del caos absoluto, manteniendo ante todo la potencialidad de enfrentarla consigo misma y dando como resultado que en ese *Big Bang* personal, los cúmulos de asteroides y meteoros que conforman mis pensamientos quedaran convertidos en una auténtica "***Revolución***". En pocas palabras y sin mayores circunloquios: "*girando patas pa' arriba*"...

III

Mi conciencia serpentea
en dudas y oscuridad
no conoce un punto fijo
titubeando viene y va,
da vueltas en el vacío
se regresa hasta el Big Bang
y en el mismo huevo cósmico
se mezclan el bien y el mal...

Una vez que me he agotado de girar *sin ton ni son* en esa rueda interminable de conceptos absurdos, sean surgidos del despiadado y recalcitrante materialismo en el que vivo inmersa, de los escasos residuos de mis sueños, los que confieso no cesan de jugarme malas pasadas, inclusive de elementos emergidos de mi fantasía mórbida, ciertamente monstruosos y anárquicos, un tiovivo alucinante que dista mucho de semejarse a la musiquilla circular y dulzona que a propósito me hace evocar el *Viejo Mundo*, me refiero a la que interpretan los acordeonistas y cantantes callejeros que pululan en las rotondas y plazas más bohemias de *París*, como en la legendaria *Pigalle*, pintada de bermejo por el "*Moulin Rouge*", en *La Bastille*, con los ecos y remembranzas de "***La Revolución***" o en la colina de *Montmartre*, la madre de cuyas tetas brotaron los chisguetes *arco iris* del *Impresionismo*...

Casi sin quererme salir de esos lejanos confines, con la nariz fuertemente impregnada de trementina y aguarrás, emerjo ensopada y tiritando, no de algún lienzo de inspiración fantástica, sino del círculo vicioso de mis ideaciones (No sé por qué, en ese momento se me viene a la *"punta de la lengua"* el cuadro de ***Pegaso*** volando por los altos círculos celestes con ***Belerofonte*** en su lomo, quien camino hacia el ***Olimpo***, se cayó de su cabalgadura por culpa de un piquete de mosco).

Por lo que haya sido, finalmente logro poner los pies sobre la tierra, extremadamente mareada por las vueltas, vestida tan sólo por una larga y andrajosa túnica de lino que al escurrirle gotas de agua de sus bordes parece sacada de una lavadora (justamente su textura es semejante a las sábanas blancas de los hospitales, sin importar el punto del orbe donde se ubiquen). Dicha tela se encarga de cubrir, no sin un dejo de ironía, mi pobre cuerpo desaliñado y contrito... ¿Podrá creer alguien que el infortunado incidente líquido –me refiero al cubetazo–, haya tenido la función de reanimar algunas células pensantes, pertenecientes, las pobres, a ese cascarón que me queda de sensorio en mi corteza prefrontal, o hasta como dicen los orientales, a la séptima chakra del **Kundalini**?

Luces, siluetas volátiles
en cúmulos y chispazos
al prenderse me señalan
la entrada a un tabernáculo...
Son ángeles de la alianza
mensajeros elevados:
como maestros desean
que aprenda a saltar obstáculos
y avance por un camino
limpia de angustias y pánicos...
Pero en lo oscuro del alma
otro ser ha despertado
vestido de rojo púrpura
con su tridente en la mano...
Arremete con intrigas
es instructor del engaño
promueve separaciones
y viola lo inmaculado.
Es actor de la violencia
en discordante escenario
en pugna por un destino
que semeja ser un caos...

Así, a pesar de la labor incesante que realizan sobre mí el ejército de *serafines*, *querubines* y *ángeles de la guarda*, tengo la absurda sensación de que aprovechándose de esa debilidad que tengo por soñar despierta, una especie de **Daimon** surgido del mismo horno donde se cocinan los panes de mis ensueños creativos, cuando menos lo espero me vuelve a nublar la conciencia, actuando incluso como si fuera un *espíritu chocarrero*, transfiriéndome repentinamente una extravagante personalidad, totalmente obtusa y grotesca, muy semejante a la de cualquier enferma demente que sin saber por qué se cree un insólito *fantasma de ultratumba...* ¡Vaya! ¡Hasta dónde he tenido que llegar! ¿Estaré verdaderamente en estado de alerta o seguiré como dormida? ¿Será posible que me encuentre vestida con este ridículo disfraz de manicomio y me haya atrevido a salir así a la calle, a las doce del día y en plena luz solar?

IV

El mediodía se levanta
como un espejo plateado
es una inmensa pupila
que mira un paisaje cóncavo:
En el cenit queda inmóvil
como un suspiro galáctico
y luego gira que gira
por todos los meridianos...

Alcanzada por los quemantes rayos del sol del mediodía, que al caer directamente sobre mí tienen la virtud de deslumbrarme, al sentir que ha disminuido mi tendencia inconsciente a permanecer en el vértigo, o lo que es lo mismo: a girar constantemente como un rehilete en este peculiar estado de *sonambulismo lúcido*; hago un alto en el camino no sólo para obtener, aunque sea de manera transitoria, una frágil posición de equilibrio y así poder examinar el singular panorama que me rodea, sino también para preguntar, a lo que me parece son ahora, los rescoldos y ruinas de mi conciencia:

¿Qué hago yo aquí plantada en este sitio? ¿Deambulando sin tener la mínima noción del tiempo-espacio en que me encuentro? ¿Dando pasos titubeantes en zig-zag, o todavía más, como si estuviera ebria, por esta acera soleada de ondulantes diseños de mosaicos? ¿En medio de una muchedumbre ruidosa y cosmopolita que camina azorada ante mi vista, desparramándose de pronto ante las alarmantes y estrepitosas señales surgidas intempestivamente de alguna bocacalle? A propósito... ¿Por qué esa gente actúa en forma similar a un amasijo de insectos que ante la presencia del peligro, por miedo a la extinción total, salen despavoridos de su hormiguero?

Sintiéndome atolondrada por un punzante dolor que atraviesa mis tímpanos, me surge la idea de que el ruido que repentinamente escucho, es la sirena de una ambulancia que a toda velocidad conduce a un herido ya moribundo al hospital más cercano...

Las luces de una ambulancia
y el fragor de su sirena
semeja un ave doliente
que vaga en calles siniestras
y el ulular quejumbroso
va hasta el fondo de las vértebras
hundiendo en escalofríos
a la gente que se aleja...

¿Esas agudas alarmas que también alcanzo a captar a través del atestado tráfico, provienen de un carro de bomberos que marcha a combatir el fuego que pudiera estar devastando alguna industria, complejo hotelero o edificio de departamentos? ¿Se trata de una angustiada familia que ha quedado atrapada allí y pide auxilio buscando desesperadamente salir del siniestro?

(Dichas percepciones no las estoy exagerando, ya que a lo lejos alcanzo a distinguir una columna de humo denso, que huele a caucho y a resinas quemadas, mientras noto cómo se va expandiendo sobre la mancha urbana un grisáceo manto de ceniza, a tal grado que cuando respiro, su contacto irrita mis pulmones, haciéndome toser y estornudar).

La multitud se dispersa
llevándose el miedo a cuestas...
El crepitar del incendio
la situación indefensa
y las lenguas de las llamas
sobre casas y bodegas
hacen brotar los instintos
de franca supervivencia...

Y el enjambre de sonidos continúa... Esos agudos ecos que llegan a mi sensorio en este momento ¿Están siendo generados por las patrulla de la policía persiguiendo a unos malhechores que acaban de disparar sus metralletas a unos agentes judiciales? O en última instancia: ¿Es el taladrante timbre de un almacén que quedó con los vidrios rotos tras un asalto a mano armada?

Oleadas violentas corren
en los nervios de mi cuerpo

21

y en mi piel se forman púas
como alfileres enhiestos
brincan las palpitaciones
como sapos en mi pecho
Y pulsaciones de angustia
vierte el reloj adrenérgico
ordenándole a mis piernas
que rompan el fatal cerco
y peguen una carrera
hasta la punta de un cerro...

¿Esa multitud estresada es la expresión más vívida de la sociedad contemporánea actuando bajo amenaza constante, incluyendo los efectos de la corrupción, el narcotráfico, los secuestros, el desempleo o la inseguridad civil, así como por la incertidumbre y el miedo extremos, la angustia de la disolución y el agotamiento que produce vivir en el conflicto irresoluble de la carne y el espíritu?

En un cruce peatonal
en el caudaloso tráfico
ocurren mil violaciones
en movimientos orgiásticos.
La multitud corre y corre
en un río desenfrenado
y a empellones hace trizas
lo inocente y lo sagrado…

Una vez que disminuye la punzada en mis oídos, ya que momentáneamente las alarmas han dejado de sonar, presto atención al movimiento de la avenida, que a duras penas intenta volver a la normalidad, de tal forma que a los pocos minutos, haciendo caso omiso a lo que acaba de ocurrir, el fluir humano con sus diversos caracteres recupera su aspecto de costumbre, como si algún elemental recurso de supervivencia hubiera echado a andar el mecanismo de la evasión del dolor, pues infinidad de personajes, que parecen haber surgido de algún set cinematográfico, transitan las aceras envueltos en una contagiosa euforia…

¿Será que ese gentío, por la ansiedad inherente al exterminio, es capaz de manifestar de súbito su explosiva fuerza vital, actuando de manera instintiva y automática, como si estuviera participando en la más candente y clandestina cópula?

Muchos cuerpos se amalgaman
en un atrevido abrazo:
Prostitutas y políticos,
tragafuegos y payasos,
limpiabotas y mendigos
extranjeros y paisanos.
Sádicos y masoquistas,
empleados del narcotráfico,
secuestradores impíos,
anarquistas desalmados.
Y no conformes con verse
en esta juerga mezclados
ladrones y policías
juegan al ratón y al gato…
¿Es una fiesta de máscaras?
¿Es una orgía del rebaño?
¿Un ser con múltiples rostros
que intento armar a pedazos?

¿Qué fuerza desconocida me empuja a adherirme a la inconsciente marcha de ese lascivo conglomerado de seres que se junta y separa en un segundo, que se enrosca y culebrea, rozándose los hombros y los pechos y basculando las caderas sin cesar: que avanza y que da vueltas, que se frota y aproxima, que se huele y se mira, que ríe y hasta grita en un afiebrado delirio corporal?

Con la gente y sus instintos
me tropiezo a cada paso.
La búsqueda de placeres
la lujuria y el aplauso
los sumergen en desvíos
en confusión, en escarnio.
Sus sentidos están hartos
y su corazón bloqueado
y hasta su impulso vital
va en sendero equivocado.

¿Qué significa caminar sin rumbo fijo por esta controvertida ruta llena de desquiciantes y atrayentes simbolismos hedonistas, llámense carteles luminosos con bailarinas semidesnudas actuando en cantinas, antros, o "night-clubs para caballeros", ya sea *"El Molino Rojo"*, *"Amnesia"*, *"Las Pulgas"*, *"Adelitas Bar"*, *"Hard Rock"*, *"El Señor Maguey"* o *"Iguanas Ranas"*?

¿Es verdad que la vista se me *"encandila"* ante esas pantallas incandescentes que anuncian las diferentes marcas de bebidas etílicas, desde el ron hasta el tequila, ese famoso licor tapatío extraído de la planta del agave?

En la habitación del hampa
sonó un disparo con fuerza…
Intoxicada de alcoholes
con narcosis y violencia
entre ladridos de perros
y caras grises y huecas
la ciudad se fue nutriendo
de agresiones y pendencias…

¿Por qué dichos estímulos, tan exultantemente eróticos como emergidos de la inspiración popular, producen tanta seducción globalizada y hasta en extremo controvertida y paradójica, sobre todo al generarse los desfiles, mítines, manifestaciones en *"pro"* de la paz nacional, en abierto repudio al crimen organizado, así como ciertas marchas conmemorativas de la más diversa índole; amenizadas por tambores, trompetas y trombones, prendiéndose además los altavoces que emiten coplas y corridos provenientes de una época lejana, llena de turbulencia y de fascinación y que como estoy intuyendo, diera pauta al famoso movimiento de insurrección armada, mejor conocido como *"La **Revolución** Mexicana"*?

En mítines y desfiles
van los revolucionarios
gritan: "Tierra y Libertad"
con porras y con aplausos.
Y aunque pregonen ser libres
justos y considerados
en una cueva del alma
perviven deseos tiranos:
la bandera del poder
y la pistola del macho.
La lujuria disfrazada

de pudor y de recato.
El heroísmo ficticio
de cientos de camuflados
sin importar que estos sean
violadores o sicarios...
Sea con ritmo de tambores
y panfletos incendiarios
marchan en una vorágine
y hacia la nada van rápido...

Suenan en el aire los estribillos de "*La Cucaracha*" seguidos por los de "*Juan Charrasqueado*", que de inmediato se acompañan de las entonadas vocalizaciones de los participantes; las mismas que solía cantar la alebrestada soldadesca rebelde cuando, con el pecho atravesado por la pasión de las cananas, se dirigía al frente a batirse con el ejército federal, sin saber que en la mayor parte de los casos iba a morir en la contienda, no por las veleidades meteorológicas anunciadas en la estación del frío –20 de noviembre de 1910–, sino por la apabullante granizada de *plomazos*.

En Piedras Negras Coahuila
se inicia un movimiento:
*Es la **Revolución***"
del oprimido pueblo...
El 20 de noviembre
en el Norte de México
traspasa la frontera
*Don **Francisco I. Madero**...*
Una mecha se prende
en jóvenes y en viejos
*y Don **Francisco Villa***
con su caballo intrépido
va por montes y valles
jugándose el pellejo...

Quizás, para sorpresa de aquellos idealistas revolucionarios, con el tiempo quedarían convertidos por las creencias y albures de un pueblo esencialmente mágico, ora en torturadas *ánimas en pena* vagando por el mundo con sus murmullos de penitencia eterna, ora en santos barrigones, encandilados y *rabos verde*; cargando su *machismo* por doquier (y hasta por esas

25

zonas brumosas y distorsionadas en donde siguen transitando en el *más allá*), creyendo que con él podrían curarse del aburrimiento y de la falta de sentido, del *mal de ojo*, del *mal de amores*, de los rencores emponzoñados y hasta de los coléricos celos…

Incluso llegaron a adquirir una exclusiva dimensión épica, sobre todo a partir del instante en que sus trágicas historias entraron a formar parte de las páginas del cancionero tricolor:

> *En la ciudad de Parral*
> *una emboscada le hicieron*
> *a **Pancho Villa** en su auto*
> *políticos traicioneros.*
> *Le agujerearon el pecho*
> *al gran **Doroteo Arango**.*
> *Fueron la envidia y los celos*
> *que guardaba en sus adentros*
> *un empleado de Durango*
> *diputado o senador…*
> *junto con otros sicarios:*
> *Melitón, José y Ruperto*
> *asesinos desalmados*
> *enviados por Obregón.*
> *Una lluvia de balazos*
> *desvió la **Revolución***
> *en un río de desventuras*
> *de cobardía y de traición.*
> *A la iglesia van las viudas*
> *con mantos y paños negros,*
> *llevan a cuestas los huérfanos*
> *que el General les dejó.*
> *Postradas ante una urna*
> *se encomiendan a San Judas*
> *y le hacen mil juramentos*
> *de castidad y de honor.*
> *Le piden salir del duelo*
> *las "**Adelitas**" muy mustias*
> *dejar atrás pensamientos*
> *de desconfianza y temor…*

> *Le piden hallar la tumba*
> *donde su testa está oculta*
> *y reunir su ambiguo cuerpo*
> *de "**Centauro**" y de "Señor"…*

Lo cierto es que al alcanzar una ambivalente *inmortalidad* (pues ésta nada tiene que ver con la paz celestial que ofrece cualquier meta del *Espíritu*, sino con el desorden y el caos absoluto), tales personajes dejarían sus invisibles huellas al lado de la avenida, al tiempo que sus imágenes serían honradas en la época de "*Todos Santos*"; no sólo en las iglesias y panteones, con sus tumbas adornadas de coronas y ramilletes de flores, sino en los coloridos altares domésticos: esas recreaciones fantásticas repletas de fotografías y daguerrotipos con rostros de varones sombrerudos, flores de *cempasúchil*, guirnaldas de papel picado, cirios pascuales, veladoras, ofrendas religiosas y suculentos manjares terrenales; llámense atoles, tamales, champurrado, arroz con mole y hasta compotas de frutas, sin olvidar el recién horneado *pan de muerto,* oloroso a jengibre y azahar.

> *Ofrendas ancestrales:*
> *cirios, la flor de muertos*
> *calaveras de azúcar*
> *y resinas de incienso…*
> *¿Qué queda de la vida?*
> *¿Qué queda de los sueños?*
> *¿Qué Animus viviente*
> *perdura entre los deudos?*
>
> *Quedan las tradiciones*
> *y el folklor que se vierte*
> *en brindis y canciones;*
> *en encuentros con gentes*
> *que con tequila y ron,*
> *tabaco y ramilletes,*
> *de azucenas y nardos*
> *de rosas y claveles;*
> *en sutil ironía*
> *se burlan de la muerte:*

Son rituales idólatras
del sótano inconsciente
que los pueblos prehispánicos
enviaron al presente:
y al unirse a la estela
del copal que se vende
en los aniversarios
que señala noviembre…
Ya no importa que sean
paganos o creyentes.

Procesión de fantasmas
en murmullos eternos
emergen de las tumbas
y de los cementerios…
Con velas encendidas
y facies de tormentos
en misas de difuntos
rezan los "Kyrie eléison"
cantan Aves Marías
y entonan Padres Nuestros.

Tal expresión vernácula, al entrar de lleno a estas tierras fronterizas, encontró una voz muy propia, pues las creencias locales *sui generis* le han brindado un nuevo impulso:

En los confines del norte
donde vive tanta gente
se rezan muchas plegarias
en novenarios fervientes,
para alejar todo el mal
Y atraer la buena suerte
sobre todo los que cruzan
la frontera sin papeles.
Ellos buscan amuletos,
los dijes más relucientes,
colibríes disecados,

o hasta escarabajos verdes.
Se hacen "limpias" del espíritu
y beben yerbas silvestres
adoran a muchos santos
que les brinden sus mercedes
y reviven las leyendas
de bandidos y jinetes:

*Incluyen a "**Juan soldado**"*
cuya ánima se aparece
a las puertas de un panteón
clamando ser inocente
de un vergonzoso siniestro
haciéndolo delincuente.
Quizás por eso es que arrastra
las cadenas y grilletes
de las almas que en la tierra
vagan… pues son penitentes…

Sea lo que fuere, esos pegajosos corridos Surgidos tanto de la gresca revolucionaria como de la imaginación popular , son acusados estímulos acústicos que ponen de relevancia, aún en la actualidad, especialmente en los caballeros con *los pantalones bien fajados* y que lucen *bigotudos y de pelo en pecho*, el deseo de trasgredir las fronteras de su heredado machismo latino, poniendo así de relevancia, la rudeza de un mundo surgido de la *"machina animata"…*

V

Marchando por esta ruta
va mi "animata machina"
engullendo las imágenes
*de "**Soldados**" y "**Adelitas**"…*
Pareciera detenerse
pero es engaño, camina
tiene en la testa un sombrero
y en su falda serpentinas…

Un poco aturdida por los rugientes ecos de "***La Revolución***", no puedo menos que sacudir mi cabeza para quitarme las cenizas y esquirlas de esa nube de pólvora –tan dañina como misógina– por si acaso se me hubieran quedado adheridos al cuero cabelludo, y libre al fin de esos molestos residuos metálicos, emprender el camino de retorno a los enigmas que son objeto de mi estudio y que continúan atrayéndome con sus inquietantes y teatrales guiños:

A través de un largo curso
va mi estela peregrina
espejeando mil metáforas
en las facetas de un prisma…
Me deslumbran sus reflejos
de esmeraldas y amatistas
como cauda de un cometa
que esparce polvo y esquirlas…

Vuelvo entonces a preguntarme: ¿Qué estoy haciendo aquí? ¿Qué fuerza extraña hizo que me plantara en esta dirección? ¿Cuál es el significado de este trazado peatonal, que aún conserva su antiguo sello y esplendor de *camino real* de un bullicioso pueblo fronterizo, quien por las peculiares improntas de sus cantinas, pistolas, *boutiques* y *tables-dance* estoy sospechando que naciera, no por el influjo de *Pancho Villa*, ese cabecilla indómito llamado "**El Centauro del Norte**", quien produjera tanto polvorín en los vecinos estados de Chihuahua, Coahuila, Durango y Zacatecas en las primeras décadas del siglo XX y que por cierto era **abstemio**; sino por los auspicios legendarios de *La Fiebre del Oro*, allá por los años esquivos y violentos del *Lejano Oeste* y donde la veteada *California*, con su crisol expansivo de riquezas, desempeñara un relevante papel?

California en Fiebre de Oro
rica en placer y en acíbar
utiliza los disfraces
de santas y de heroínas…
Sabe ser la prostituta
si la ocasión lo amerita
y se viste de arco iris
con tul y sedas prohibidas…

¿Influiría también la promulgación de *La Ley Seca*, esa tajante prohibición de los Estados Unidos al consumo de bebidas alcohólicas, allá por los años veinte, lo que favoreció que se erigieran en la avenida tantos centros de placer (incluida "*La Ballena*", la cantina más grande del globo terráqueo), en un intento de satisfacer la urgente demanda de los trasnochadores habitantes del vecino país del norte?

"La Ballena" volteó el orden
de leyes autoritarias
la realidad la hizo trizas
con una varita mágica.
Procaz y desinhibida
se colocó muchas máscaras
y cambió su piel marina
por la vulgar y profana…

¿Serán ésas las causas principales para que se haya convertido en una suerte de *Vía Regia* de una abigarrada ciudad que hierve en vitalidad y en contrastes; la cual me parece desconocida e intimidante y donde por cierto nunca antes había estado?

Como ando sumamente desorientada (ni siquiera intuyo hacia dónde está el Norte o el Sur) lo único que se me ocurre hacer es despreciar el magnetismo que aún ejerce en mí el imán de la brújula de la historia patria, pues algo me dice que debo encontrarle un sentido festivo, mitológico y hasta fantástico a este boulevard, itinerario, derrotero, ruta, rúa, rumbo, curso, sendero, trayecto, avenida, senda, dirección, o como mejor se le quiera decir; el caso es que al estar concentrada en sus aceras paralelas (sea a través de la magia de la perspectiva o bien de mis ensoñaciones geométricas), al poco tiempo me percato que esas líneas confluyen en un pequeño punto, difumado hacia la lejanía, precisamente hasta donde mi vista se topa con pared…

Allí mismo, como si fuera una luciérnaga *"ciega y sin luz"*, que al perder su sentido y orientación corre el peligro, no sólo de sufrir la frustración de toparse con un muro, sino hasta de caer en una trampa mortal; me siento atraída por los fulgores de oropel que brotan de uno de esos vistosos escaparates enmarcando a alguna colorida tienda de artesanías, semejante a las que pueden encontrarse en cualquier parte del mundo y que ofrece exóticos productos a los viajeros internacionales que arriban a *"este lado de la línea"*; lo cual repito, me incita a detener mis pasos frente a su cristal, distinguiendo de inmediato –y alineadas en perfecta simetría– a las traslúcidas botellas de vino tinto, blanco y rosado junto a las de tequila y kahlúa, todas adornadas con serpentinas y en medio de espuelas, zarapes y sombreros de charro, y que lejos de encontrarse solas, lucen acompañadas por una parafernalia de ingredientes inusitados, un tiovivo de sensaciones prohibidas que estimulan, tanto a mi primitivo y angustiado *Ego* –amenazado más que nunca por destructivas sombras–, como a los turistas ávidos de placer, sobre todo a los que forman parte de la cultura yanqui; comenzando por carteles que anuncian píldoras milagrosas para mejorar la función sexual –tal es el caso de la omnipresente *viagra*–, y siguiendo con lociones, champús y preservativos de todos tamaños y grosores, prendas íntimas sadomasoquistas confeccionadas en *rouge et noir*; exquisiteces azucaradas que inundan de fiesta el paladar, las que incluyen churros, charamuscas o *alegrías*, encajadas en recipientes de cristal, plata y ámbar, o bien dentro de ollas y cazuelas indígenas.

En un estante especial, en medio de una gran variedad de música folklórica, sobre todo de mariachis, encuentro discos de **José Alfredo Jiménez** con sus más aplaudidos éxitos (muchos de los cuales, como de sobra se sabe, escribió bajo el zumo y efecto del alcohol). Hay entre ellas una ingeniosa canción en forma de retruécano, cuyo profundo significado no sólo dejaría su huella imborrable en al alma latina, sino que representa crudamente la búsqueda empecinada de su laberíntico camino personal. Sin darme cuenta comienzo a tararear:

> *No vale nada la vida*
> *la vida no vale nada.*
> *Comienza siempre llorando*
> *y así llorando se acaba*
> *por eso es que en este mundo*
> *la vida no vale nada…*

Por ahí, como extraviado, pues se encuentra por debajo de muchos otros, aparece un disco con canciones en francés, tales como "*La Vie en Rose*", "*L'Hymne à l'Amour*" o "*Mon Homme*", interpretadas por la famosísima **Edith Piaf**, pero como ahora estoy concentrada en la canción vernácula, sobre todo en los sentidos ritmos del compositor guanajuatense, sus respectivas letras se me hacen momentáneamente muy lejanas y no alcanzan a arribar a mi lengua… Lo que sí emergen son las bocas de los frascos con agua bendita del altar de la *Virgen del Patrocinio* o de *San Juan de los Lagos*, el esperma de ballena, la loción de *siete machos* y demás *marrullerías y refritos* para curarse de la impotencia o la frigidez… Todo ese conjunto salpicado profusamente por la sal y pimienta de la gastronomía turística; esto es: por mapas de esta pródiga región de *pan* y *vino*, postales con mujeres desnudas y muchos otros candentes *souvenirs*… Así, cuando menos lo espero:

La espuma de la memoria
se difunde a toda prisa
con hechizos de **Vía Láctea**
con paisajes de **Afrodita**.
Hace burbujas de estrellas
con **Andrómeda** *y* **La Lira**.
Hace burbujear la sangre
inventa alcobas con ninfas…
Nadan en lechos de flores
las blancas sacerdotisas…
Son espejismos hermosos
con cabelleras rojizas,
de senos grandes, redondos
y nacaradas sonrisas…

Dejando por un momento de enfocar el batiburrillo de baratijas colocadas en ese armario de vidrio (las que por cierto fueron creadas más que para deleite de la memoria, justamente para estafar a los ansiosos y a los crédulos), de súbito ocurre un cambio imprevisto en mi "*punto de encaje*", como si mis acciones ya no fueran dirigidas por mi libre albedrío, ni tampoco por las imprudencias y confusiones de mi absoluta falta de sentido, sino por el teleobjetivo luminoso de un extraterrestre, de ésos que nos vigilan subrepticiamente en el cielo, el cual podría estar encaramado en una misteriosa nave espacial invisible a los ojos de las mayorías. Incluso hasta siento por un instante que me asomo a una de esas brechas de la máquina del tiempo, que tienen la virtud de conectar el "*aquí y ahora*" con dimensiones paralelas, alcanzándome así a llegar a la conciencia, desde esa ventana virtual, como un velocísimo haz de fotones, el fugaz recuerdo de una vida anterior:

> *Veo una sirena entre sueños*
> *una **Altezza Serenissima**:*
> *espuma y oro es su piel,*
> *su aliento es brisa marina…*
> *Es sinfonía de gaviotas*
> *y su vientre una bahía…*
> *Es luz, aroma y oleaje*
> *hechos pasión y caricias.*

Pero en forma inusitada me llaman la atención entonces, borrando de un tajo las deliciosas sensaciones que acabo de experimentar, las superficies refulgentes de un conjunto de *espejos venecianos*, de diferentes diseños y tamaños situados en diferentes ángulos de sus paredes; que tienen la función de devolverme – ¡Oh, Dios mío! –, de manera eficaz y simultánea, la imagen grotesca de una mujer que parece pertenecer a otra época; ya que para mi sorpresa muestra los ojos desorbitados y el cabello despeinado a todas luces, una fémina anacrónica que tiembla angustiada de verse repentinamente envuelta en los harapos de una túnica blanca, que –¿Por qué no? – también pudiera formar parte del vestuario de una enferma mental…

> *Mi rostro es un esperpento*
> *con ojos desorbitados*
> *sobre la frente me caen*
> *mechas de pelo entrecano…*
> *Disfrazada de alienada*
> *escupo al fin mis presagios*
> *y me visto de mal gusto*
> *con un manto cursi y trágico.*

Sin embargo – ¡qué cosa más extraña! – un fulgor inusitado me hace descubrir, en medio de tanta confusión y atolondramiento, que de mi cuello cuelga, en una cadenita de oro con un broche recamado de esmeraldas, un pequeño reloj circular de peculiar diseño, que parece ser de manufactura europea…

Algo dentro de mí se "*prende*" entonces, conectándome extrañamente con una escena surrealista que creía olvidada por completo, como si de pronto llegara a mi conciencia a velocidad vertiginosa un *"relámpago mnémico"*, que por la intensa emoción que me provoca, infiero que es muy importante para mí.

Me pregunto entonces si este reflejo mío que se acaba de revelar en los espejos tendrá un aspecto semejante al de cualquier personaje estrafalario que describen las crónicas de los manicomios franceses anteriores a **Freud** y a **Charcot**… ¿Será posible tal aberración? Incluso hay un momento en que pasa volando por mi atolondrada *"azotea"*, ya no un platillo volador perteneciente a otra galaxia, ni tampoco un aerolito desprendido de la **Vía Láctea**, quien al entrar en contacto con la atmósfera terrestre, se incendia y se transforma en una estrella fugaz, iluminando instantáneamente con sus luces multicolores los recovecos más recónditos de mi espíritu, sino una atroz historia clínica que en un parpadeo me pone los pelos de punta; pues me imagino que mi propia alma, después de haber estado durante mucho tiempo prisionera en una celda de castigo (quizás por una de esas veleidosas jugarretas del azar), se le hubiera dado la oportunidad de escapar de la sórdida humedad de sus paredes y después de burlar las leyes de la **física newtoniana** o hasta el racionalismo de **Descartes**, se plantara de pronto, como si de un viaje astral se tratara, en alguna otra cara del planeta (incluso en otro continente), tal vez con el nebuloso propósito de tejer, por enésima ocasión, una flamante y alba túnica de seda, cuyos escuálidos hilos pudieran provenir tanto de mi fantasía onírica como de las enigmáticas creencias orientales, así fueran hinduistas o budistas.

¿Será la historia de una mujer alienada que después de su muerte se convirtió en una *ánima en pena,* castigada no por la suerte ni por Dios, sino por ella misma, pues a consecuencia de las malas acciones que habría cometido en sus vidas pasadas, llevaba muchos *"karmas"* cargando sobre su espalda, los cuales debía pagar a través de los siglos?

> *En mi cabeza palpita*
> *el tumor de la locura*
> *en rumores que se extienden*
> *con su tormento de agujas…*
> *Llena de sombras estoy*
> *me envuelven velos de bruma*
> *la insania me va asfixiando*
> *con su túnica de furia.*

¿Corresponderá también y de acuerdo con el mensaje cristiano, a los pecados o deudas morales que todo espíritu debe liquidar en el camino de su redención?

Sea lo que fuere el armazón de este relato, quizás por ciertos factores del destino que aún no alcanzo a comprender, y que algunos estudiosos de los temas metafísicos llaman **"Sincronicidad"**, presiento que debió haberse comenzado hace mucho tiempo…

Se me ocurre pensar que su punto de partida se podría establecer desde centurias antes de que mis padres me bautizaran e inscribieran mi nacimiento en el libro de Dios…

En la pila bautismal
con rezos y agua bendita
el alma quiero limpiar
del pecado de lascivia.
Llevo un rosario en las manos
llevo en la frente un estigma
sueño el sueño de las piedras
me desmorono en cenizas…

VI

Otra vez el mismo juego
de perseguir a la flecha:
puede esconderse en las cartas
o hasta gira en la ruleta.
Me deja exhausta, sin aire
exterminada y hueca
y cuando ya estoy vencida
toda radiante se muestra…

Varias veces tengo que sacudirme la testa para tomar conciencia de lo insólito de mi situación, la que sin haber buscado yo misma, quizás me la otorgó el azar… ¿Habrán sido esos juegos de la suerte que incluyen las cartas del *Tarot*, la lotería nacional, la ruleta rusa o el cubilete de dados? ¿O tan sólo es una simple coincidencia que estoy *racionalizando* en un absurdo intento de singularidad?

Me sacudo la cabeza
pues no creo que esté despierta
después levanto mis brazos
con intención de poseerla…
Pero es de humo, de aire
sin color y sin materia.
Ignoro si está en mi piel
o es tan sólo coincidencia.
Ignoro si es el azar

lo que me incita a verla,
si es delirio o ilusión
con su luz que desorienta.

Debo aclarar que no se trata de una recopilación de fichas lanzadas al aire provenientes del **"I Ching"**, ni de una *fábula griega*, ni siquiera el guión épico de un *narcocorrido norteño* (me refiero a los que canturrean los borrachos en las cantinas impregnados de tragedias, caballos, mujeres y honores pisoteados que se buscan vengar con balazos), tampoco es un *Romancero* con influencias de *García Lorca*, ni mucho menos el argumento de una novela que pertenezca al *Realismo Mágico* (influenciada por *Juan Rulfo, García Márquez, Agustín Yáñez, Carlos Fuentes* o *Julio Cortázar*, por ejemplo), sino una realidad contante y sonante, con densidad y peso específico sui generis...

Y aunque es real, me succiona
la sangre y todas mis fuerzas.
Soy víctima de su engaño
que me extorsiona y apremia.
No sé que hacer, si seguirla
o abandonar esta empresa...
Pero después ¿Qué me queda?
¿Cómo pervivir sin ella?

Luego de pellizcar mi piel e incidir sobre los receptores sensoriales que existen en su superficie, tales corpúsculos me informan que no estoy dentro de una grotesca pesadilla –de ésas que acalambran, hormiguean y hasta erizan los cabellos como un puercoespín–, sino muy bien situada en mi propia circunstancia presente.

La verdad no es transparente
vive escondida en sofismas
se disfraza de belleza
y suele ser pesadilla.
Cuando quiere ser magnánima
cae en manos de la intriga
convirtiendo a mis palabras
en badajos de mentiras.

Así, aunque me niegue a creerlo, incluso dentro de esta ridícula indumentaria, no tengo más que aceptar que sigo estando aparatosamente viva, dando estruendosos resoplidos que ponen a prueba los fuelles de mis pulmones —tal vez para sentir que soy un ser de carne y hueso— y que además de ayudar a secarme la ropa a través del vapor exhalado, sugieren el preludio de un espectacular ataque de nervios; lo cual, por alguna extraña causa, es semejante al estallido de unos cohetes en manos de unos niños inconscientes y traviesos:

Siendo la náusea el heraldo
que anuncia la enfermedad
los jadeos trotan concéntricos
como jinetes del mal.
Giran chasquidos y luces
y afuera de un ventanal
un gato negro aparece
con su chillido mortal...
Se revuelven las ideas
en el lóbulo frontal:
son las trampas de los círculos
que no se cansan de andar.

¡Pero qué digo! Me parece que por esas peculiares maniobras respiratorias, se desatan instantáneamente del entorno, a la manera de un brote epidémico, un cúmulo de miradas reprobatorias, morbosas y hasta inquisitivas, que de pronto se posan en mi persona escrutando cada resquicio de mi rostro, cada gesto y cada mohín; como si por el hecho de juzgarme y hasta etiquetarme como una loca, psicótica, esquizofrénica, lunática, desequilibrada o bipolar, la vida les otorgara automáticamente una especie de *visado burocrático* o hasta un *pasaporte* al más allá de las reglas morales del bien y del mal, con el cual pudieran justificar su insulsa y rutinaria existencia, *racionalizándola* al máximo y hasta sintiéndose, de modo fácil y cómodo, protegidos y libres de cualquier tipo de contaminación psíquica que pudiera alterarlos o *"moverles el tapete"* amenazándolos a la postre con perder su frágil y precario equilibrio de **"Homo mechanicus"**. De este modo, dejan caer sobre mí un aguacero de prejuicios, como queriendo enmascarar su crueldad, inconsciencia e ignorancia.

Como resultado, al captar telepáticamente todos esos pensamientos ofensivos, en una especie de contrapartida a lo que me imagino ser un potencial ataque nuclear o más simplemente, como si tuviera una raqueta de ping-pong:

Una parte de mi ser
se convierte en juez impávido.
Sólo mira los defectos
los juzga sin escucharlos.
No comprende los motivos
que hacen caer al humano.
No comprende que en él mismo
habita lo que ha juzgado.

Pero no quiero desviarme en juzgar o criticar lo que por ahora está muy fuera de mi alcance, sino situarme hasta el fondo de mi inusitada condición; ya que de inmediato, como si fuera una *respuesta megalomaníaca* o una *formación reactiva*, tengo la extraña sensación de estar colgada en lo más alto de una cuerda floja de un espectáculo circense, haciendo malabares para mantener mi precaria e inestable posición, transitando como zombi por este crucial momento, incluso pareciéndome al "*volatinero trágico*" (ignoro por qué causa me llega un emotivo "flashazo" que me conecta con **Nietzsche** y su **Zaratustra**). En consecuencia, al observar las reacciones de los demás ante mi rostro, no puedo hacer otra cosa que preguntarme:

¿Seré malabarista
de un alto trampolín?
¿Y con cartas de estrellas
presagio el porvenir?
¿Tendré el rostro pintado
de un intenso carmín?
¿Y un globo de colores
pende de mi nariz?
¿Estoy marchando en círculos
haciéndolos reír?
¿Será que están muy ciegos
y no ven mi sufrir?

¿En qué me he convertido? ¿Existe la posibilidad de que en mi actual estado sea sólo una **sombra** de lo que antes fui? No encuentro otra causa que explique el por qué el rictus de mi semblante despierta a toda esta gente una incontrolable curiosidad. ¿Se estarán burlando de mí? ¿Será que no quieren reconocer que ellos mismos también pueden ser como yo? ¿O quizá sólo sienten lástima por mi aspecto estrambótico y ridículo?

Y aunque una voz interior está intentando detenerme, ya que de alguna forma quiero dejar de torturarme con tantas interrogantes sin sentido, producto quizás de mi ociosidad, es demasiado tarde. Ahora lo que alcanzo a percibir:

Son muchas caras siniestras
con caracteres mezclados:
surcos, rictus, torvos gestos
de seres estrafalarios...
Tengo el vértigo de altura:
me marea ver hacia abajo,
hay una estructura endeble
que se está resquebrajando...

VII

Repentinamente, como para desconcertarme todavía más en esta *"puesta en escena"* callejera, de la que aunque quisiera tener un papel secundario, en una suerte de ironía, el destino me ha otorgado el protagónico, a nivel de la esquina que marca el inicio de la avenida y que separa el edificio comercial de *Sanborns* (una construcción colonial con vigas de madera y amplios ventanales, acercándose al estilo campirano de la región) del que alberga el juego vasco del *Jai-Alai* (un verdadero palacio español rebosante de inscripciones y motivos mudéjar), entran corriendo unos niños envueltos en la parodia tragicómica del *"**Halloween**"* –pues estamos a finales de octubre– al tiempo que arman gran algarabía a su alrededor, ya que disfrazados de monstruos surgidos de las narraciones clásicas del terror; así sea el que representa al rumano Vlad Tepes, es decir: al *Drácula* de Bram Stocker, quien aparece con una capa negra de vampiro y unos colmillos afilados y brillosos chorreándoles sangre, el *Hombre-Lobo* de Romasanta, influenciado por la luna llena, que porta una velluda y espeluznante máscara de hule, o el famosísimo príncipe de las tinieblas, ni más ni menos que *Satanás* en persona, con su afilado tridente y su traje escarlata de satín, por cierto muy entallado al cuerpo, quien cree que se va a llevar consigo a sus dominios a todo aquel ingenuo que caiga en sus trampas y triquiñuelas:

Los tóxicos del espíritu
me tienden trampas y obstáculos
caigo en ellos muchas veces
no consigo remediarlo.
Hay un horrible delirio
que me ciega con sus rayos,
me confunde y obnubila
en parpadeo momentáneo...

De hecho, cuando más distraída me encuentro mirando los cuernos de cartón de *Lucifer*, comienzo a sufrir alucinaciones ópticas; ya que por un segundo creo que unos terribles demonios me han estado haciendo señas desde lejos, inclusive desde antes de que surgieran en la esquina:

> *Acuden extraños seres*
> *con caras distorsionadas*
> *y mezclan en un conjuro*
> *flor de romero y mandrágoras.*
> *Chirimías y caracolas*
> *llaman a viejos fantasmas:*
> *a entidades tenebrosas*
> *que hacen crujir las quijadas...*

Lo que pasa es que a través de las ambigüedades y turbulencias que me provoca mi *"sexto sentido"* (no me pregunten dónde lo desarrollé porque yo misma lo ignoro), estoy generando la sospecha de que esos pequeños camuflados de villanos, sean en realidad entidades malignas, quienes parecen tener la firme intención de llevarme secuestrada a su morada (la cual podría estar en cualquier *table-dance* de la avenida), para que así mi alma sea capaz de trascender las puertas del Infierno y más tarde, ya estando allí, intoxicada totalmente no por los vapores sulfurosos que surgen de los géiseres y formaciones volcánicas, sino por el efecto hedonista y desinhibido de las bebidas etílicas, descienda, peldaño a peldaño, los negros fondos de la degradación.

> *Gira la rueca en desorden*
> *y los hilos se extravían.*
> *Surgen máscaras de angustia*
> *que retuercen y aniquilan,*
> *calaveras y capuchas*
> *y manos que son sacrílegas...*
> *Son los demonios internos*
> *con sus voces fuertes, vivas.*

¡Oh, Dios! (Meneando la cabeza) ¿Por qué permito que los ridículos disfraces de esos pequeñines atolondrados me desencadenen esta absurda visión? ¿No estaré yo mal de la *"azotea"* por pensar así? ¿No me estaré haciendo una paranoica?

Empero, como no quiero que mis elucubraciones suspicaces y persecutorias dirijan la secuencia narrativa, una voz interior me dice: ¡Detente! ¡No sigas por ahí! De tal modo que en un santiamén giro en trescientos sesenta grados y retorno al meollo de este asunto.

Así, cuando el simpático líder da a sus subordinados la tajante orden de: ¡Hagámoslo! (Encontrándose su graciosa figurita más o menos a la altura del viejo y tradicional hotel "*Cesar's Palace*"), los chiquillos levantan impetuosamente sus brazos y hacen ¡Uuuh! ¡Uuuh! ¡Uuuuuh!

Tratando de impresionar a los transeúntes que pasan muy cerca de ellos, especialmente a los que arriban a su restaurant a saborear la clásica ensalada "*César*" (la que entre paréntesis, fuera creada de manera circunstancial, allá por los años veinte, por el italiano César Cardini, y que tras hacerse sofisticada y cosmopolita ingresara con el pie derecho a las cocinas de todo el mundo)... Los mocosos, después de oler el pan frito y los sazonadores que le ponen a la lechuga —sin olvidar el aceite de olivo—, haciéndoseles *agua la boca* y por ende, llenos de entusiasmo y excitación, impulsivamente intentan penetrar al gastronómico recinto, incluso buscando por ahí una mesa libre para sentarse a comer esas suculentas viandas...

Pero al prohibírselos de manera tajante el portero, los disfrazados mozuelos se resignan a contener su apetito, y con cierta frustración no exenta de coraje, prosiguen su marcha tratando de adornarla con esos juguetones rituales de brujas (y que en un momento dado me hacen evocar esa escalofriante "*Noche de Walpurgis*" descrita en el **Fausto** de **Goethe**); de tal forma que al coincidir su deambular con el mío, luego de hacer sonar unos panderos y cascabeles de hojalata, intentan asustarme mostrándome una calabaza hueca y sonriente con una vela encendida adentro, así como una calavera de azúcar extraída de algún mercado de artesanías, para que al mirar esta última *cara* a *cara*, no sólo me acuerde yo de mi *propia muerte*, sino que no tenga más remedio que entregarles mis *tesoros*, los cuales vendrían a ser: caramelos, chocolates y monedas contantes y sonantes:

> *A través de la espesura*
> *surge el humo de una pira:*
> *son los walpurgis que queman*
> *la dignidad y la estima.*
> *Y un mago descomunal*
> *me obliga a estar de rodillas*
> *me unta de sebo la piel*
> *y hasta me enseña una víbora...*

De pronto, al verme vestida con mi inusual atuendo y creyendo a pie juntillas que se han topado con uno de esos seres espectrales que describen las historias y leyendas de difuntos; estos fantásticos chavales, lejos de cumplir su cometido y al fin y al cabo al ser traicionados por su inocencia infantil, quienes resultan asustados son ellos.

Como resultado, luego de la momentánea confusión provocada por el *encontronazo*, ni tardos ni perezosos se alejan de mi presencia de la misma manera que como llegaron, es decir: como bólidos, mientras que yo, aturdida también por la brusca colisión, dejo escapar un grito de sorpresa e inevitablemente, tras dar con vacilación unos cuantos pasos, me tropiezo con un grueso cable de electricidad —ya que están reparando el sistema de iluminación de los arbotantes— y caigo de cabeza en un agujero que acaban de cavar, húmedo aún por la reciente lluvia y por lo mismo albergando en su lecho una mezcla de arcilla con —¡Ay! — residuos de drenajes malolientes y pegajosos que por cierto provienen de los desagües de las principales cañerías de la "*zona roja*" de la ciudad (ese conglomerado de antros que albergan la "*crema y nata*" de los placeres prohibidos: llámense alcohol, drogas y demás perversiones del espíritu):

> *Con susurros de impotencia*
> *de dolor y desaliento:*
> *vi a mi conciencia y moral*
> *cómo en un hoyo cayeron...*
> *Y quedé en el desamparo*
> *de las tuberías y el cieno*
> *tumbada sin más remedio*
> *en el fétido agujero...*

SEGUNDA PARTE

I

Afectada por el impacto y sintiendo que el cráneo me va a estallar de dolor, tras mi ridícula caída en el sórdido agujero vial, sin poder distinguir nada entre la oscuridad que me rodea, todavía sorprendida y desorientada, empiezo a palpar de inmediato y hasta con cierta parsimonia y lentitud, cada una de las porciones de mi cuerpo, que al estar tan contracturado y maltrecho parece un muñeco de alambre al que le han desatornillado la cabeza; trasladándome *a tontas y a locas* por todas sus regiones, buscando en forma automática las rojizas señales de moretones y demás inflamaciones cruentas que pusieran en evidencia alguna fractura o contusión. Incluso tomo conciencia que durante el evento – ¡Ay! – se me extravió la cadenita que colgaba en mi cuello, portando mi valioso reloj francés…

Revuelvo febril y trémula
los laberintos del tiempo.
Miles de veces los busco
y como el humo los pierdo…
Quizá sean los negativos
de un palpitante universo
o los túneles que viajan
al gran agujero negro…

Luego de sacudirme por completo para retirar los puños de lodo que me cayeron encima, me atormento pensando en que no sé por qué estoy aquí, ni mucho menos hacia dónde voy a dirigir mis pasos de ahora en adelante:

Azorada me doy cuenta
que tengo sucias las manos.

No hay arroyo que las lave
no las cura ningún bálsamo.
Tienen las huellas del tiempo
del amor y odio mezclados,
solitarias, temblorosas…
Como hojas secas de un árbol.

Pero por encima de mis manos, reconozco que tengo la mente enmarañada, tan enredada como mis cabellos. Todo se me agolpa en la frente, como si al chocar las ideas entre sí hicieran un maquiavélico remolino mental cuyo sifón me succionara hasta la última gota de cordura y objetividad, dejándome frágil y desorientada en extremo. Así, en ese caótico estado:

En la pupila de un cráter
entre rocas y basalto
desciendo a mis soledades
sin armadura ni casco.
Azorada me deslizo
hacia mí, muy hacia abajo
donde bailan los fragmentos
de un núcleo jamás hollado…

Para colmo surgen, como los chirridos de las llantas que produce algún vehículo cuando enfrena, infinidad de signos de interrogación que al disiparse en el aire no van a encontrar nunca respuesta; ya que su núcleo central, al mostrarse audazmente desnudo a la manera del sexo rasurado de una meretriz, sólo ponen de manifiesto una demencia total. Otra vez me cuestiono:

¿Quién soy yo y que estoy haciendo en esta situación? ¿Cuál es mi nombre de pila y por qué ni siquiera puedo deletrearlo? ¿Cómo se llama este lugar y a que época corresponde? ¿En qué siglo me encuentro? ¿Por qué no recuerdo la fecha ni el día de la semana, ni mucho menos el mes o la estación del año? ¿Cuáles son los idiomas que habla la gente que ha estado pasando junto a mí? ¿De qué país provengo y dónde he estado antes de arribar a este sitio? ¿Soy capaz de conservar todavía alguna noción o mínimo recuerdo del tiempo y la distancia? ¿Cuántas etapas he dejado perder sumida como estoy en este extravío?

Como si fuese un navío
sin dirección y sin brújula
que en agitadas corrientes

busca señales de ayuda...
Como un ciego que, gritando
en el centro de la turba
a tientas y sudoroso
su propio camino busca...
Como un árbol que se dobla
por la fuerza de la lluvia
mi ser entero se encorva
y a sí mismo se pregunta:
¿Para lograr ser la luz
debo vivir en penumbra
con radares de murciélago
y pupilas de lechuza?
¿Para vencer el dolor
he de beber su cicuta
sintiendo el caudal de espasmos
y mi cabeza que punza?
¿Para asir la vida plena
debo bajar a las tumbas
con séquito de rumores
vientos que crujen y aúllan?
¿Para avanzar en lo oscuro
debí hundirme en mar de dudas
en prejuicios y obsesiones
que arrastra mi alma insegura?
¿Para ascender la montaña
descenderé hasta estructuras
donde la raíz del miedo
está enterrada en la turba?
¿Para alcanzar las cascadas
y bañarme en sus frescuras
estoy traspasando el tufo
de las pústulas maduras?
¿Para lograr un atisbo
un instante de cordura

> *trascenderé los delirios*
> *la sinrazón, la locura?*

Una tras otra, las preguntas van desfilando en mi maltrecha memoria como si fueran los segmentos cortados de una cinta cuyo carrete pertenece a un film de caricaturas que da vueltas una y otra vez, apretándose cada vez más hasta que se detiene…

Sólo puedo escuchar ahora los sonidos guturales provenientes de mi garganta irritada, al tiempo que mi espíritu – ¡Ay, Dios! –se encuentra ahora totalmente frustrado e impotente.

Total, que tras esta pasmosa y obligada disfuncionalidad, la que en un momento dado parece no tener fin, termino por desesperarme, pues por más intentos que hago al respecto, no logro recordar ni un solo indicio que me ayude a desentrañar el camino por donde circulan las letras que puedan proporcionar las respuestas a estas incógnitas, para que cuando menos capture la vocal inicial que forma parte de mi identidad…

> *Y prosigo en la búsqueda*
> *de ondulante descenso*
> *en acordeones de humo*
> *en febriles destellos*
> *en burbujas de azogue*
> *en hipnosis de **Helios***
> *en humus aspirado*
> *que enferma hasta los huesos,*
> *en dolor que consume*
> *el vientre de **Prometeo**…*
> *En la duda que se hunde*
> *en mi pobre cerebro*
> *y mi nombre se pierde*
> *lo busco y no lo encuentro…*

Paradójicamente alcanzo a tomar conciencia, en medio de este trance y llena de terror y congoja, de que no sólo he extraviado mi reloj, sino que ni siquiera soy capaz de leer la hora de las manecillas del mismo artefacto que se encuentra en el campanario de una gran *iglesia de piedra*, quien por su solemne aspecto, podría corresponder a una *catedral*… Dicha construcción, al estar encajada entre los ruidosos antros y demás edificios dedicados al placer sensual, quizás por el dramático contraste, resulta más evidente su aspecto de *reliquia pasada de moda*, tristemente olvidada por el rápido deambular de los paseantes.

Por un segundo me surge el deseo de penetrar a su interior, pero rápidamente lo descarto, sintiéndome entonces tan atrozmente desvalida, que hasta me surge la idea de que no tengo salvación, ya que a esta hora del día, el citado lugar de oración mantiene las puertas cerradas.

> *Incapaz de discernir*
> *la hora en el campanario*
> *veo sin embargo a las gárgolas*
> *de **Eros** y de **Thanatos***
> *acérrimos enemigos*
> *por el poder luchan ambos.*
> *La voluntad de dominio*
> *ocupa el lugar del falo:*
> *el poder de la conquista*
> *contra el crecimiento humano.*

De inmediato percibo hasta dónde llegaron las consecuencias del vergonzoso evento. En otras palabras: éste me ha desconectado los cables que tengo en el cerebro; como si a través del impacto sufrido, el mecanismo que tamiza y agrupa mis ideas se hubiera acabado de descomponer; de la misma forma que las poleas de una máquina de relojería, quien tras recibir el efecto corrosivo y oxidante del tiempo, se quedara trabada en algún engrane de sus circuitos…

Por si fuera poco, cuando en mi máxima congoja estoy solicitando ayuda divina, aparece ante mis ojos el pórtico del templo clausurado. ¡Oh! ¡Dios! –Le reclamo desesperada– ¡Tal parece que tú también me rechazas! ¿Por qué mantienes impenetrables las puertas de tu corazón? Si pudieras contestarme al menos una sola de estas interrogantes, pero da la casualidad de que no recibo ninguna señal tuya, llegando a sentir mi mente igual a una olla vacía; es decir: sin figuras, ni imágenes, ni sonidos, ni reverberaciones, ni nada; como si de repente estuviera incomunicada, totalmente aislada de ***Tu Ser*** *y de la humanidad*, en un frío y desolado planeta alejado del *Sistema Solar…*

II

— *¡Oye loca! No te encuentras vagando en el espacio sideral, ni flotas con un cordón de plata afuera de la Vía Láctea, por allá por la nebulosa de Andrómeda; tampoco orbitas los anillos de Saturno ni mucho menos los de Plutón: Estás en un sucio agujero de "**La Avenida Revolución**", muy cerca de los antros y prostíbulos de la calle de Coahuila, ja, ja, ja…*

Asomando su cabeza hacia la oscura depresión que me contiene, me grita con sorna y como si me acabara de adivinar el pensamiento, el chiquillo disfrazado de demonio, quien ha regresado a buscarme tras emerger de su escondite intempestivamente, en el que, sin yo saberlo, se había estado resguardando con anterioridad y donde – ¡Ay! –, en el confuso estado en que me encuentro, visualizo como una madriguera que desemboca en un sórdido callejoncillo repleto de innumerables deshechos de orgías previas; desde botellas y latas de cerveza vacías, de condones pegajosos y retorcidos acabados de utilizar, del *tufo* a *petate quemado* que emana de la yerba de la marihuana entremezclado con el vapor chisporroteante del "*cristal*", hasta los residuos aplastados de las jeringas de plástico que utilizan los *cholos* y demás malandrines para inyectarse alguna droga, sin olvidar las numerosas colillas de tabaco, ciertamente todo revuelto y desperdigado en el suelo.

La calle es toda morada
con manto de plañidera:
Arúspice *descarnada*
del instante que se quiebra.
Y entre el clamor de los árboles
y la atmósfera que reza
las sombras se hacen más largas
y mi sangre se congela…

Dicha calleja, como si contuviera una de esas escalofriantes escenas del cuadro de **Los Siete Pecados Capitales**, pintado por el flamenco Hieronimus Bosch – "**El Bosco**" – en el siglo XVI, quien a través de su pincel pusiera de relevancia el ritornelo de desviaciones que conducen al abismo del espíritu (avaricia, lujuria, gula, ira, pereza, envidia y soberbia), que alguna "*lucecita bienhechora*", de ésas que todavía se me alcanzan a prender en alguna neurona cortical, parece habérmelo dicho milagrosamente, agregando incluso que hoy en día se exhibe en el *Museo del Prado de Madrid*; me sugiere el hogar habitual de los drogadictos y demás personajes del *Bajo Mundo* que no tienen ningún escrúpulo en cohabitar entre ellos, sin importar transferirse su arsenal de traumas, angustias o miedos existenciales y lo que es peor, la consecuencia física de esas lacras a través de las enfermedades venéreas (gonorrea, sífilis o Sida).

> *Seres ebrios y promiscuos*
> *con vestimentas ligeras*
> *palpitándoles el pecho*
> *y con voces de comedia*
> *con negro augurio en el alma*
> *y aún con "flashes" de fiesta*
> *salen al frío de la noche*
> *a la oscura callejuela*
> *dejando que sus instintos*
> *los ataquen y posean…*
> *Y cuando más aturdidos*
> *están en la francachela*
> *es entonces cuando el crimen*
> *rasga el telón de la escena…*

Estas personas, al mantenerse tristemente drogados, como si fueran *zombis*, tampoco les importa convivir con perros sarnosos y famélicos, quienes por un sucio hueso se pelean y lastiman entre sí, provocándose sangrantes mordidas…

Precisamente los pleitos y gruñidos de los canes, esa especie de "*cancerberos*" que resguardan las puertas del **Averno** (justamente descritos en los mitos de los griegos, los egipcios o los aztecas) me provocan un elevadísimo grado de estrés psicológico que incrementa la gravedad de mi confusión y que, lejos de inducirme a la defensa o a la fuga, me mantiene con los miembros paralizados.

> *Ladrando en una esquina*
> *vigilan* **Cancerberos**
> *y con rabia los monstruos*

> *atacan mi cerebro.*
> *Qué destino, qué suerte*
> *qué frágiles los sueños*
> *qué tristeza del hombre*
> *de vivir como un muerto...*

Afectada por la parálisis, y como si fuera víctima de fuerzas malignas que habitan en los aposentos más oscuros de mi alma, hay un momento en que alcanzo a sentir una inexplicable fascinación por ese **Hades** *callejero*, generando inclusive un estado de languidez y desesperanza extremas, seguido por el deseo morboso de darme totalmente por vencida, quedándome tumbada en ese fango hasta la eternidad.

> *¿Desde cuándo florecieron*
> *como espinas de maleza*
> *la agonía y el desaliento*
> *en mis carnes macilentas?*
> *¿Desde cuándo se extendieron*
> *estas fiebres de demencia*
> *como enfermedad maligna*
> *que viaja en venas y arterias?*

Inevitablemente me dejo llevar por negros augurios, pensando entonces en algunas infecciones devastadoras –como la rabia, el tétanos o el Sida– hasta que al fin me detengo en el umbral del cáncer. Dicha matriz celular, para sobrevivir a las difíciles circunstancias que le está ofreciendo el organismo, opta por rebelarse a las finas instrucciones de la genética, ciertamente impresas en su reloj biológico, emulando así la rebeldía de *Luzbel* –el ángel caído de Dios– con una traicionera conducta que raya en lo diabólico y en un ínterin, se convierte en lo contrario de lo que debiera ser, degenerándose a través de un crecimiento anárquico e invasor. Esto, por demás está decirlo, termina por poblar al enfermo de monstruosas y letales siembras.

> *Cuelga como fantasma*
> *de sucio tendedero*
> *la enfermedad que roe*
> *la carne y el pellejo.*
> *Los días están contados*
> *y pesan como hierros*
> *cómo duele la espera*
> *cómo crujen los huesos...*

Esa extraña corriente de emociones contradictorias me induce a un estado de sopor, y estando casi a punto de dormirme, tengo la impresión de que al endiablado chiquillo mi difícil situación le divierte (lo vuelvo a ver en mi demencia recostado en el brocal de la concavidad, donde sin importarle el peligro al que se expone, se está balanceando como un *péndulo*) y en una fracción de segundo, cuando menos me doy cuenta, me mira con *pupilas hipnóticas* (me parece que sus ojos brillan con destellos de dos rubíes malignos), estira su brazo hacia mí con intenciones de tocarme la espalda, agregando después con burlona ironía:

—Mira lo que tienes frente a tu despistada nariz, ja, ja, ja...

> *En la puerta del prostíbulo*
> *está una joven morena*
> *con su rostro de desvelos*
> *maquillado por las penas...*
> *Y camina lentamente*
> *sin saber que alguien la acecha*
> *y que un susurro de pasos*
> *presagia su suerte negra...*

De inmediato levanto la tapa de un contenedor de basura, sólo para descubrir— ¡Ay! ¡No puede ser!— a ciertos desvergonzados habitantes de la suciedad, ésos que desde siempre me han inspirado una mezcla de pavor y repugnancia: me refiero a la tribu de ratas grises que hierven caóticamente entre los desperdicios orgánicos, algunos en estado de putrefacción; alterándome los nervios con sus agudos y penetrantes chillidos, haciendo que pierda la última gota de control emocional o, lo que es lo mismo: que acabe sacada de quicio, liberándose entonces de mi boca, en forma automática, una clamorosa oración...

> *Y al ignorar la frontera*
> *de lo sagrado y profano*
> *aparecen proxenetas*
> *que rezan un novenario:*
> *Las cuentas de "**Aves Marías**"*
> *recorridas por sus manos*
> *son las mismas que perdonan*
> *y redimen los pecados...*
> *Los misterios del placer*
> *—que no son los del rosario—*

> *estallan en mil deseos*
> *y se prenden a sus ánimos.*
> *De repente veo mi túnica*
> *manchada de sangre y barro.*
> *Una duda me lacera*
> *y me aprieta todo el cráneo:*
> *¿Seré yo misma una de "ésas"*
> *pero me niego a aceptarlo?*

Para colmo de males, tal vez aprovechándose de un descuido mío, uno de esos animales brinca sobre mi rostro, y si no me lo retiro a tiempo, casi me saca los ojos… Me pregunto si al actuar de ese modo, el malcriado mozalbete disfrutará de causarme tanta tortura psicológica, más aún al darse cuenta del efecto repulsivo y humillante que esos roedores producen en mi espíritu, de manera especial cuando me muestran con total impudicia sus prominentes colas manchadas de excremento...

> *La mofa con un saludo*
> *muestra sus dientes cariados.*
> *Lo más temido aparece*
> *en quebradero de platos.*
> *Bufones, duendes grotescos*
> *cual servidores del diablo*
> *con sus lanzas arremeten*
> *y hacen volver el estómago.*

Por cierto, al estar cómodamente instaladas en el interior del sucio receptáculo, sin nadie que las moleste, tales seres se dedican a comer con voracidad los residuos que pudieran caber en sus obscenos tubos digestivos.

> *Los desvaríos de las ratas*
> *me repugnan y dan asco*
> *y en la trampa de sus redes*
> *pese a todo esfuerzo, caigo…*
> *¿Existe acaso la lumbre*
> *que queme purificando*
> *todas las ideas siniestras*
> *que mi mente ha fabricado?*

III

El movimiento es recíproco
y en giros inesperados:
El mozuelo participa
turbulento y agitado.
Se escapa y se va corriendo
adónde no pueda hallarlo
y me deja el miedo encima
con los cabellos parados
al sentirme amenazada
por cuchillos o por látigos...

No contento con las visiones que me acaba de mostrar, el absurdo chiquillo culmina su irreverente provocación haciendo pí-pí ante mis propios ojos y casi un instante después, a sabiendas de que ha actuado mal, sale huyendo con su pantalón desabrochado, dirigiéndose a lo desconocido...

Entonces, hay un instante en el que ya no sé ni por dónde ando, pues al ignorar los límites que separan el delirio de la realidad, reconozco que tengo mi cerebro revuelto, lleno de imágenes grotescas y desagradables, que no sólo me ponen en la boca el sabor amargo de la náusea, sino que me producen un estado catastrófico: incluso al continuar alucinando —y es una visión que me pasa fugazmente— tengo la pretensión que un oscuro ser me acaba de hurtar algo muy íntimo, que significa para mí un tesoro de riqueza invaluable pero que —¡Ay! — no acierto a saber qué cosa es...

Un himen roto y sangrante
el ascenso al embarazo

el mareo y sus consecuencias
el vientre globoso y amplio.
Después los deberes crecen
y llegan a ser tiranos.
Se trueca el deseo del sexo
por el agobio y cansancio…

Más tarde y cuando menos lo imagino –pues estoy totalmente desprevenida–, siento los embates de alguna "*voz comunitaria*" que me ataca inesperadamente como si fuera una plaga de ácaros (de esos molestos y pruriginosos *Pediculus capitis*) infestando mi cabeza por completo…

La vox populi se calla
tras un cuchicheo malsano
no admite todo el deleite
que puede dar el orgasmo.
Inhibe, reprime, mata
tergiversa el don magnánimo,
hace lascivo el anhelo
tras las cortinas del tálamo…

¿Qué episodio "*en espejo*" desde un principio pudo haber rozado ese curioso arquetipo? ¿Cuál será su verdadera nomenclatura? ¿Se llamará "*duendecillo límbico*", "*homúnculo rolándico*", "*enano hipotalámico*", "*gnomo silviano*" o "*arlequín del puente de Varolio*"? ¿Habrá surgido de la inconsciencia y desinhibición de ese armazón descascarado que aún posee la vieja memoria de mi *cerebro reptílico*, incluso en forma incisiva y hasta dispuesta a jugarse en forma temeraria y estólida todo lo que posee, incluyendo su primitiva piel de víbora?

¿Quién es ese personaje
con lascivia en su mirada?
¿Es un duende disfrazado
que con sofismas ataca?
Hay algo en él familiar
y que al hurgar lo delata:
pues de repente descubro
que es mi "otro yo", mi otra cara.

¿En verdad es una alegoría de mi mente que se salió de todo control cortical y ahora –como una *sombra*– se ha proyectado en mi destino?

> *Se justifican posturas*
> *que no lesionen al Ego*
> *quien busca caminos vacuos*
> *engolados y superfluos*
> *siempre es el juez de la escena*
> *que dicta el fallo perpetuo*
> *y nunca se ve a sí mismo*
> *con vestimentas de reo…*

¿Ese **alter ego** me acaba de robar la candidez y la inocencia, la fe que había puesto en la vida y en mí misma, así como la capacidad de crear y engendrar ideas nuevas? ¿Se atrevió de paso a lastimar mi femineidad, incluso de manera grave y profunda?

> *El "eterno femenino"*
> *en biológico legado*
> *se insinúa en mi carne y sangre*
> *revelando lo sagrado:*
> *Acude el ciclo lunar*
> *con menstruaciones y espasmos,*
> *el gineceo en su reloj*
> *tiene plenos los ovarios,*
> *y las hormonas diseñan*
> *caracteres secundarios*
> *de un sexo que se abre en flor*
> *con su miríada de pétalos.*
> *La castidad de* **Casandra**
> *puesta a prueba en mil presagios*
> *hace danzar a la vida*
> *con ritmos suaves de adagio*
> *y asciende hasta el monte* **Olimpo**
> *llevando a* **Zeus** *su reclamo.*

¿Será que aprovechándose de un descuido mío, ese *"otro yo"* me otorgó el maleficio de andar penando por el mundo, buscando a tientas y a locas *"algo"* que no sé qué cosa es, pero que presiento dejé extraviado en el pasado y que, aunque he hecho muchos esfuerzos por hallarlo, nunca he podido encontrar? Por lo mismo ¿No sólo me he estado cargando de culpas ajenas, sino que hasta me siento con una personalidad diferente, como si extraños seres se hubieran posesionado de mi alma?

Reniego lo que no entiendo
y mis errores los tapo:
lo inconveniente a mi vida
lo evito o bien lo desplazo
y una crisis de los nervios
como en círculo bizarro
me hace salir de este mundo
y entrar en el otro, el trágico:
En la puerta del infierno
de nebulosos peldaños
se levantan y discuten
mis apetitos mezclados:
*Ellos son **siete demonios***
que se mueven trastocados:
*Hacia el norte está el **escéptico***
que otea el paisaje en vano.
En cuclillas, en el pórtico
*está escondido el **malvado**.*
*Un **adivino** hace pócimas*
mezclando rubíes y ajos.
*En una hoguera el **hereje***
destroza los diez mandatos
*y el **loco** cree que el planeta*
es cubilete de dados...
*El **brujo** hierve brebajes*
y vomita muchos sapos
y siempre ansioso y rapaz
*respira el **depravado**...*
No sé cual es el peor

todos hieren con venablos
pero ellos también soy yo
con mis torpes arrebatos...

Esa maraña de signos que acaba de arribar a mi conciencia, al intentar decodificar (haciendo un *impasse* para poder entenderlos mejor), me doy cuenta que guarda una sutil correspondencia con algunos personajes históricos que en su época causaron mucho daño, no sólo sobre sus allegados, sino sobre los demás seres que había a su alrededor, de tal forma que acabaron transmitiendo –hasta en serie– el mismo *mal* que padecían, como si éste fuese una enfermedad contagiosa con las características de *la peste bubónica*...

Así, en una danza sin parangón, aparecen enlazadas las figuras semidesnudas de: ***Friné, Targelia, Salomé, Agripina, Mesalina, Madame Pompadour*** y ***Theroigne de Mericourt*** –a la manera de equivalentes de mis demonios femeninos...

A partir de ese instante, noto claramente cómo se agrava mi malestar existencial y se incrementa mi inseguridad; aún al grado de considerarme incapaz de ordenar mis pensamientos, por más elementales y pueriles que éstos sean.

De hecho, tras la descarnada experiencia me doy cuenta de que he perdido totalmente la estrategia de analizar, calcular, estar atenta y mucho menos razonar; inclusive la rapidez y la destreza de seleccionar las palabras para poder expresarme. Ni siquiera cuento con la herramienta del juicio (lo cual sería mucho implorar), o hasta la más elemental coordinación psicomotriz que habría de conquistar el "***Homo sapiens***" desde la época de las cavernas y que lo diferenciaría desde entonces de los demás homínidos y primates... Hasta puedo sentir cómo:

Mueren los altos impulsos
girasoles de alegría
y muere la gratia plena
de la espontánea sonrisa,
se alejan los personajes
del circo de fantasía
y se estrecha más la cárcel
de la culpa y la agonía.
Van y vienen escenarios
cubiertos con mil cortinas
y tras ellos aparecen
las señales clandestinas
como lámparas de alarma
de amarguras y de cuitas:

Con espasmos de la fiebre
con contracciones malignas
con el humo del delirio
y la facies mortecina…

En otras palabras: me he convertido en un ser decadente, en una especie de animal primitivo que sólo puede tener sensaciones en su forma más arcaica; de suerte que ahora lo único que alcanzo a sentir es mucho malestar en todo mi cuerpo, como si éste fuese un pesado fardo de achaques que inevitablemente despierta en quienes se topan con él una fuerte dosis de sadismo, pues lejos de otorgársele apoyo, lo que se le proporciona es un despectivo puntapié…

¿Será posible que lo único que capte del ambiente sean las *malas vibras*, es decir: las emociones de la gente frustrada que busca desquitar en mi persona su propio malestar existencial, pues "*del árbol caído se hace leña*"? ¿Por qué lejos de recibir ayuda, la sola opción que se me otorga es una inyección de virulenta agresividad?

Otra vez las dos tendencias
que quieren ser mis dos amos
y yo como entre dos muros
me acaloro y me debato.
¿Adónde ir? Las marañas
de ideas que semejan cardos
tienen filosas espinas
y hieren a todo el cráneo.

¡Ay! Es inevitable que me sienta rota por dentro y por fuera, igual a un recipiente de cristal que tras resquebrajarse y caer en el vacío, un viento helado se encargara de esparcir hacia la lejanía los múltiples fragmentos que lo constituyen, siendo entonces, por tal efecto, casi imposible de reconstruir.

Me fragmento en mil cristales
mil ojos me están espiando
las hormigas traicioneras
son mis nervios tiritando.
Busco y no encuentro el camino
me introduzco a muchos cuartos,
luces, callejas extrañas
y rincones depravados.

Mil conciencias me critican
la humanidad me vigila,
atraviesa las barreras
de mi razón que se triza.
Y el tumor de la locura
se expande y se ramifica:
Mal que en estado larvario
en mi inconsciente dormía...

¡Dios mío! Para colmo de males, surgen punzadas en cada músculo y en cada hueso tratando de expresar y así poner de manifiesto, no solamente el golpe exterior, sino la extenuante conflagración interna. No existe un solo corpúsculo de mi ser que no esté sufriendo; hasta los miembros se me engarrotan víctimas de descargas eléctricas, mucho más fuertes que cualquier calambre o despiadada neuralgia que hubiera padecido alguna vez:

Crujen quijadas y dientes:
mi cerebro va a estallar.
Se ha caído en una trampa
que está llena de crueldad.
Siento afilados punzones
como lanzas de metal
que aprisionan, que sofocan
en impulsos de tac-tac...

Y al estar sumida en este álgido trance, en esta dolorosa sensación que no sé cómo calmar, surge como un relámpago, un pensamiento clave que me estimula de pronto a salvarme del naufragio total, impulsándome de este modo a despojarme de mi *Egocentrismo* para poder abrazarme plenamente con el sufrimiento de la humanidad –pues todo ser humano ha experimentado en algún momento de su existencia alguna *Crisis de Dolor.*

¿Cómo romper las cadenas
que aprisionan y que aíslan?
¿Cómo encontrar las pupilas
que los cielos escudriñan
y el manto de las tibiezas
que la esperanza prodiga?

Está en el canto que ama
y que perdona y olvida…

Mas esa utópica vertiente de momento la siento muy alejada de mí, así es que volviendo a mi condición de fémina sufriente no dejo de cuestionarme:

¿Por qué a la mujer se enseña
a pagar a un precio caro
las delicias de las sábanas
la entrega a su ser amado?
La sumisión y vergüenza
van tejidas en un manto,
como si fuesen estigmas
*de **Magdalena** en pecado…*

Pero como yo estoy muy lejos de pertenecer a esa casta de mujeres heroicas y de templanza indiscutible tan bien descritas en *Los Evangelios*, como *la **Virgen María**, la **samaritana**, la **Verónica*** o hasta la mismísima ***María de Magdala***, no tengo otra opción que resistir estoicamente el *ramalazo* que esas tormentosas visiones me acaban de proporcionar, incluso haciendo que se prendieran en mi mente una red de asociaciones tan destructivas como necrófilas.

De pronto acuden a mi mente las *ánimas en pena* de ***Medea*** y *la **Llorona***, esas trágicas y famosas hechiceras que aunque pertenezcan a puntos geográficos diferentes – una en el Peloponeso y la otra en el Anáhuac– están emparentadas con sus emociones, sobre todo las relacionadas con el dolor y la culpa, ya que en un arranque de despecho, quizás a consecuencia de haber sido traicionadas por sus amantes, de quienes estaban perdidamente enamoradas, movidas por una mano demoníaca, asesinaron a sus propios hijos…

¿Quiénes son esas mujeres?
Fantasmas que van llorando.
¿Por qué están solas y gritan?
Sus hijos han extraviado.
¿Adónde van en la noche?
¡A buscarlos! ¡A buscarlos!
Son sus deseos más profundos
que ellas mismas han ahogado….

Volviendo a mi precaria circunstancia actual, al sentirme tan devastada y adolorida, como si fuera cualquier superviviente de una *inundación* o hasta un *"tsunami"*, tomo conciencia más que nunca que para poder salir avante de esta prueba, he de mantener erguidos los escasos residuos de mi voluntad, mi templanza y honor, pues no sólo estoy hundida en el fondo de esta contaminada depresión, sino que comienzo a escuchar (incluso desde el arco fronterizo que se dibuja en el horizonte), que se aproximan fuertes vientos que no sólo golpearán de frente a mi soberbia y vanidad, sino que me obligarán a batirme con mis ocultos traumas y bloqueos que enigmáticamente se encuentran adheridos al *Ego* –los que por cierto vengo cargando desde la infancia– y que de ahora en adelante, sobre todo si yo se los permito, me van a estar aguijoneando a todas horas para hacerme sufrir.

Por ejemplo, en esta delirante contingencia, alcanzo a percibir esas grotescas siluetas que han estado presentes desde siempre en mi espíritu, pero que por una u otra causa, no quería reconocer…

Con la potencia centrípeta
del remolino en un lago
*el **Egoísmo** succiona*
hacia él, sin ningún tacto:
virtudes y sentimientos
sean puros o inmaculados.
Su apetito es insaciable:
todo acaba devorando.
*La **fase oral** está viva*
en espera de un bocado.
Cuando se siente vacía
de amor y de sucedáneos,
cuando no hay más que rescoldos
de los anhelos frustrados
se refugia en las comidas
en bacanales romanos…
*En un rincón el **sadismo***
con sus zarpas de leopardo
oye el latir de sus víctimas
y goza al ver sus estragos.
*Mas la parte **masoquista***
busca el castigo a sus actos

y hasta morbosa se entrega
al tormento de los látigos…
*La **fase anal** me constriñe*
cual reptil de serpentario
codiciosa y suspicaz
va acumulando centavos.
Es fría por antonomasia
aprisiona hasta el avaro
y teme que otros le roben
su esfuerzo de tantos años.
*Y **Narciso** en un estanque*
de sí mismo enamorado
al asomarse al espejo
se hundió con todos sus pétalos:
no se integró con su entorno
No trascendió, quedó ahogado.
Yo me niego, tú te niegas,
todos nos vamos negando…
¿Por qué caímos en esto
si queríamos lo contrario?

IV

Una vez que mi *narcisismo* se ha postrado con humildad, sin más alternativa que aceptar esta contienda, luego de aspirar algunas bocanadas de aire y tragar varias veces saliva para que se me destapen los oídos, mis tímpanos empiezan a vibrar, no por los *"acufenos"* o *"tinnitus"* que en ocasiones se generan al elevarse la presión en mis arterias (sobre todo cuando sucumbo a las agresiones del estrés), sino captando milagrosamente una serie de estímulos acústicos, unos golpecitos suaves que tienen cierto ritmo y periodicidad y que análogos a la melodía de un carrusel fantástico de corceles multicolores, o todavía más, al elemental tecleo que hace un niño al aprender a tocar arpegios en el piano, fueran mensajes *"telegráficos"* susceptibles de poderse descifrar, y que al pertenecer al *"otro mundo"* tuvieran la virtud de ayudarme (me refiero al que existe en la mente y el corazón de los soñadores y que abarca tanto a los artistas, como a todo aquél que aún conserva alguna esperanza de reivindicación).

Así, en el momento en que al aire expande mis pulmones a plenitud, me pasa volando fugazmente, como si fuera una parvada de gaviotas, un grupo de *sincronicidades*, que traducidas al lenguaje común, podrían significar simples *corazonadas* surgidas del más crédulo empirismo:

Me pregunto si esto que me acaba de ocurrir ya estaba escrito desde antes, en el libro que corresponde a mi vida, en esa dimensión paralela a la nuestra y que los antiguos maestros metafísicos definen como el reino del Espíritu.

Cuestionado de otra forma me digo: ¿Será posible que esta extraña circunstancia me esté induciendo a penetrar en mi propia historia, ésa que tal vez esté contenida en algún tomo de la *enciclopedia universal* que forma parte de lo desconocido? ¿Me refiero a la que una misma va escribiendo a través de los siglos y que, a semejanza de las representaciones teatrales, se repite sin cesar, intentando en cada oportunidad una mejor actuación, independientemente de que las circunstancias que me hayan tocado vivir ahora sean atroces, caóticas, injustas o hasta humillantes?

¿Tiene la imagen y semejanza de las correspondientes a los demás seres humanos que han transitado por este planeta recopiladas a través de innumerables eras; es decir, desde que la especie humana tomara conciencia de su privilegiado origen en el Cosmos?

Empiezo a aceptar que si he caído en el fondo de este agujero existencial, a merced de toda una gama de tenebrosas y malévolas interrogantes que han terminado por lastimar y depauperar mi autoestima; debe haber una razón oculta, la que por ahora escapa a mi raquítico entendimiento, y que no obstante a lo anterior, su propósito esencial sea el aprendizaje y la evolución.

A menudo se nos hace
sentir que el talento es vacuo
que son pocos los que alcanzan
a situarse en el pináculo
y doblamos la cabeza
con fatalismo heredado
y nos quedamos sin alas
con paso torpe de albatros...
Lejos de considerarnos
bellos, potentes y sanos
tan capaces de inventar
sonatas, versos o cantos
o que entendamos la mente
y crucemos el espacio
que seamos humanistas
amando a nuestros hermanos...
A la primera caída
nos vamos al "otro bando".
Renegando del esfuerzo
vendiéndole el alma al diablo
y hasta haciéndonos fanáticos
del placer y de lo falso...
No queda más que emitir
un pobre y triste diagnóstico:
*Un apogeo de **neurosis***
de un ser que está aprisionado
por cadenas invisibles
que lo convierten en fardo...

V

Ahora bien, aplicando lo anterior a mi propio caso, reconociendo incluso haber cometido en el pasado infinidad de yerros y omisiones (que no debo pasar por alto si verdaderamente quiero *"aprender la lección"*), este presente aciago, en forma paradójica, me está brindando una nueva oportunidad de seguir adelante...

Vale decir que tales *equivocaciones* las he dejado inscritas en ciertos apuntes autobiográficos que además evidencian el proceso de mi búsqueda personal:

> *Al hurgar entre cajones*
> *unos pergaminos hallo*
> *contienen los jeroglíficos*
> *con mensajes del pasado*
> *pero grande es mi ignorancia*
> *no sé cómo interpretarlos.*
> *Constelaciones insólitas,*
> *cartas astrales de magos:*
> *Escorpión, Cáncer o Libra*
> *La Virgen y Sagitario.*
> *Círculos creando "**Mandalas**"*
> *con flechas hacia los astros...*

¿Será posible que antes de ser plasmadas en la hoja de papel, al ser procesadas esas imágenes caleidoscópicas en la matriz de mi conciencia, en tanto giren y bailen vertiginosamente, me atreva a considerarlas *"**Arte Poética**"*, pero cuando intento transcribirlas al castellano resulten sólo unos tristes y temblorosos garabatos? Lo ignoro.

71

Confieso también que éstas han sido extraídas en muchos casos de fuentes esotéricas, incluidas las diversas artes adivinatorias, llámense lecturas de cartas astrales, caracoles, posos de café o líneas de la mano; lo cual no dejo de reconocer que esa obtusa maniobra ha comprometido gravemente a mi equilibrio psíquico, pero es un recurso extremo que me atreví a utilizar en mi torpe intento de **Individuación** (en palabras de los psicoanalistas junguianos).

Presiento que por tal motivo acabé por infringirle un sacrilegio a la *Vida*, ya que en mi desesperación por resolver los enigmas que surgían a cada paso, no sólo inmovilicé a mi libido "*intelectualizándola*", sino que en un momento de locura quise abrirla *en canal*, del mismo modo que cuando se llevan las reses al matadero y tras encajarles la última estocada, se les cuelga en un gancho de hierro para destazar hasta el mínimo jirón de su carne, al grado tal de convertirme en la práctica en una *agresora de mi impulso vital*.

> *El puñal del carnicero*
> *puntiagudo y afilado*
> *sacrifica muchas reses*
> *sin otorgarse un descanso…*
> *Y el impulso de **Teseo***
> *en su sentido más trágico*
> *apareció en mi cerebro*
> *persiguiendo al **Minotauro**…*
> *Pero estaba equivocada*
> *pues en ese oscuro dédalo*
> *no estaba el monstruo de **Creta***
> *sino **Eros** disfrazado…*

En consecuencia arribé a un callejón sin salida, errando fatalmente en la tarea de codificar una serie de ejercicios sobre antelaciones, intuiciones, telepatías, coincidencias altamente significativas, incluso poniendo allí algunos fragmentos de imágenes virtuales y revueltas que aparecieron en mis sueños de manera repetitiva y hasta en serie; semejantes a las piezas de un rompecabezas que por desgracia, la mente de una *enferma histérica* no iba poder integrar nunca...

> *En el espejo del tiempo*
> *veo a mi figura de blanco*
> *yendo a la universidad*
> *con sus libros bajo el brazo.*
> *La lección de Anatomía*

en latín o en castellano
y el bisturí y las tijeras
abriendo el pecho de un tajo
extraen al fin los secretos
de un muerto en un anfiteatro...

Más o menos con una actitud semejante a la que mostraba cuando era estudiante de *Medicina* (¡Caramba! Estoy empezando a recordar mi identidad) y tenía frente a mi vista a un organismo desconocido, tumbado sobre la mesa de disecciones, dedicándome entonces a escudriñar las diferentes partes de su anatomía, lo cual significa –como ustedes ya lo habrán imaginado–, que lo que realizaba era la autopsia de un cadáver...

Tras un espasmo y un rictus
mi corazón se detiene
se vacían sus pulsaciones
en un silencio de nieve
y acuden como fantasmas
rigores y livideces
que atestiguan sin clemencia
la llegada de la muerte...

¡Ahora! Dice la muerte
bebiendo mi último hálito
y en ese instante supremo
en ese fin anunciado
un frío tenaz, persistente
se infiltra como un taladro
y la dureza del músculo
se asemeja a la del cuarzo...

VI

Es inevitable que ahora un elemento elevado de mi alma –estoy hablando de mi *Super-yo* – quiera arrebatarle a mi vulgar y terrenal *Ego* el timón de la narración, convirtiéndose en un santiamén en un experimentado piloto, pues tiene intenciones de expresarse en su propio lenguaje; esto es: mediante el grupo de símbolos y arquetipos extraídos de una sabiduría secular y pragmática, proveniente de las culturas más antiguas del orbe, los cuales han sido transmitidos de generación en generación por curanderos, gurús, chamanes, profetas, alquimistas, metafísicos, poetas y hasta parapsicólogos y médicos (como **Paracelso** o **Michel de Nostradamus**, por ejemplo) en forma de jeroglíficos y demás señales misteriosas, impresos alegóricamente en los "*Registros Akáshicos*", me refiero a esa zona brumosa de la *Conciencia Cósmica* donde convergen, se reciclan –depurándose así de cualquier brizna de contaminación– y emergen limpios y renovados para seguir participando en la evolución: los pensamientos, las palabras y las obras de toda la humanidad a través de diferentes épocas y circunstancias, mismos que reiniciara su estudio en la era contemporánea la rusa *Helena Blavatsky*. No está por demás decir que hizo un espectacular *Boom* en el siglo XIX, al abrir al espíritu un mundo de posibilidades y especulaciones metafísicas extraídas en su mayor parte de fuentes tibetanas.

Pero no sólo ella –independientemente de sus errores o aciertos– "*movió el tapete*" del pensamiento racionalista y lineal, sino alguien más cercano a nosotros y que viviera en Norteamérica entre los siglos XIX y XX; me refiero al controvertido *Edgar Cayce*, quien a través de la auto hipnosis, las regresiones y los sueños, efectuara sus *sanaciones o limpias del espíritu*, eliminando de un tajo las fobias, complejos y obsesiones, no sólo de él mismo, sino de los miles de enfermos que alcanzaría A atender en su tiempo…

A propósito de los sueños, ha llegado la hora de mencionar a un personaje emergido de la *Psiquiatría tradicional*, quien utilizando un idioma actualizado y vanguardista, por cierto inasequible a sus contemporáneos (algunos cometieron la blasfemia de decir que estaba enajenado y aún loco), a través de un profundo autoanálisis al que se dedicaría con gran meticulosidad científica a lo largo de toda su vida encerrado por *motu proprio* en su *torre de*

Bollingen –situada junto al lago de *Zúrich*–, descubriría a la postre las bases de la *"personalidad introvertida y extrovertida"*, al *"Animus"* y el *"Ánima"* y sobre todo el *"Inconsciente Colectivo"*, el cual llegaría a ser una de las piedras angulares de la *Psicología Analítica*; estoy hablando del psiquiatra suizo **Carl Gustav Jung**.

> *En el diván de los sueños*
> *soy la Venus del Tiziano*
> *con curvas y morbideces*
> *que no conocen recato:*
> *Tengo el "**Ánima**" de ninfa*
> *que anhela unirse a algún sátiro.*
> *Y al ser lanzada la flecha*
> *por **Cupido**, el dios magnánimo*
> *mi **Psiquis** quedó prendida*
> *de un hechizo milenario:*
> *se cumplió la profecía*
> *de los seres dionisíacos…*
> *Y el "**Animus**" masculino*
> *penetró hasta mi santuario…*

Volviendo a nuestro innovador psiquiatra, hay que agregar que éste, para seguir dando pasos en su escala evolutiva –la llamada *Individuación*–, no solo sufriría desgarradoramente los efectos psicológicos de la Primera Guerra Mundial (inclusive los sangrientas y catastróficas imágenes oníricas que tuviera a principios de 1914 lo llevaron a pensar que había caído en una psicosis), sino que, en parte para no sentirse aplastado por las circunstancias y también para lograr salir adelante, tuvo necesariamente que romper con su querido maestro, el neurólogo austriaco **Sigmund Freud**, y a quien por cierto la posteridad habría de otorgarle el título de *"Padre del Psicoanálisis"* –honor a quien honor merece– predominantemente con sus singulares estudios sobre los sueños, olvidos y lapsus de la palabra, ya que con ellos *"revolucionaría"* de un tajo las bases del pensamiento científico de su época.

Pero regresando a mi propio caso y hasta *atreviéndome a sumergir aún más los pies en este enlodado agujero*, reconozco que mi común y corriente *Ego* está muy lejos de tanta conciencia y sabiduría o, dicho de otra manera: como mi vulgar persona, al ser tan ignorante, materialista y superflua, lejos de prestar atención a los signos emergidos de la *Conciencia Cósmica* a través de esa serie de sueños lúcidos que **Mnemosine** –la *Diosa de la Memoria*– tuvo la generosidad de concederme a lo largo de muchos años, por cierto llenos de sentido, humanismo y creatividad, y proceder así a su interpretación inmediata, utilizando esa fabulosa *corriente de endorfinas,* no sólo para modificar mi conducta y mi manera de reaccionar, sino para confeccionar, con las joyas más preciosas del *Espíritu*, un fastuoso vestuario digno de una *Altezza Serenissima*; ¡Oh Dios mío! ¡Qué decepción yo misma me causo! Admito sin ambages que tristemente los desaproveché…

Por desgracia, al sucumbir a mis propias fuerzas malignas, específicamente: a mi reconcentrado *egoísmo…* perdí esa valiosa oportunidad.

De pronto, como si fuera un extraordinario resplandor que generosamente alcanza las profundas cavernas de mi alma, me doy cuenta que no debo seguir buscando a este elemento fuera de mi conciencia, sino adentro, en alguna de sus zonas ocultas; ya que por enésima ocasión, compruebo que sigue latiendo en mi interior… Sí, sí, se trata del terrorífico e indomable *demonio*, quien me ha estado engañando a través de décadas enteras, actuando a menudo con manipulaciones y conductas seductoras y evasivas.

Ahora, aunque no me sirva ya de nada, soy capaz de confesar que, tal vez influenciada por ese maquiavélico ser, esos valiosos signos (que por cierto conquistara a través de memorizar y analizar durante años infinidad de imágenes del estado durmiente), terminé por desecharlos, poniéndolos en un iracundo acto, en un cesto de basura, como si fueran un fajo de cuartillas desgarradas, que por inútiles y obsoletas ya no tenían nada que hacer…

VII

De repente me siento envuelta por una extraña excitación que parece provenir de algo ajeno a mí y que por lo tanto, no tengo la virtud de controlar; lo cual hace que involuntariamente palpite con fuerza mi corazón. Tengo la impresión de escuchar ahora una tonada musical que suena como un vientecillo cálido que viene de muy lejos (quizás de un continente que se encuentra al otro lado del mar) haciendo que al instante se modifique el tono de mis emociones: Suena rítmicamente haciendo: *Padam, padam, padam…*

Empiezo a creer que en algún otro momento de mi vida ya la he oído, pero desafortunadamente no soy capaz de recordar el cómo ni el cuándo…

No obstante a las numerosas limitaciones que porta en el *"aquí y ahora"* mi defectuosa personalidad, mi alma se ilumina por una débil llamita de esperanza, lo cual significa que empiezo a concebir la probabilidad de que las señales que estoy recibiendo de *quién sabe dónde* me ayuden a sobrepasar este desolado abismo mental. Me pregunto si:

Esas señales son ecos
de los cantos de las hadas,
provienen de mis oídos
o de esferas elevadas,
son hijas de una justicia
que me muestra su balanza.
¿Es la fe en la redención?
¿Es el perdón y esperanza?
¿Es un ideal que pervive
más alto que el Himalaya?
¿Lleva el amor en su cúspide
y la obsesión a la zaga?

> *Como **Orión** con sus estrellas*
> *que en años-luz se desplaza:*
> *¿Tendrá un laurel en sus sienes*
> *y lo endeble en sus sandalias?*

¿Será posible que de cierto lugar del universo un ser superior me esté enviando las claves que me señalará el camino a seguir? ¿Algún espíritu caritativo se habrá compadecido de mí y desde su elevado origen estelar ha de estar buscando la manera de ayudarme?

Al cabo de algunos segundos de estar escuchando con precisión estos toquecitos circulares, al fin descubro que los sonidos van formando *fonemas* que potencialmente alcanzan a cristalizarse en *palabras*, las cuales, por su sencillez, puedo entender con suma facilidad:

– *¿Te encuentras bien?* —me dice una grave voz, de intenso y elocuente timbre, surgida de los labios de algún ser desconocido, que se ha acercado a mí al descubrirme yaciendo maltrecha en el citado hueco callejero…

Las vibrantes inflexiones de su canto me estimulan a que abra los ojos: aparece milagrosamente entonces, como entre la bruma, una pequeña y delgada silueta de contornos evanescentes y difusos, rodeada de una brillante *aureola azul*, cuyos destellos inevitablemente me deslumbran. Dan la impresión de coronar la testa de un ser que por su aspecto, parece provenir de otro mundo… Con alegría inusitada descubro luego cómo brincan en el trampolín de mi fantasía infinidad de posibilidades. Pienso que quizás…

> *Es una musa del arte*
> *de la música y las arias,*
> *de la paleta arco iris*
> *de los valses y otras danzas.*
> *O es una hada de los bosques*
> *que mis sentidos encanta,*
> *se proyecta en mis pupilas*
> *y me hechiza con su magia.*

Embriagada de esta emoción inefable, del mismo modo que cuando aparece un claro de luz en un cielo tormentoso, mi conciencia por un instante también se ilumina y se llena de consuelo.

Sus finas y maternales atenciones ejercen en mi persona el efecto del bálsamo que cura las heridas, pues lejos de criticarme por mi atroz y sucio aspecto, lo que hace es mirarme con infinita ternura y amor… Asimismo, una vez que me ha limpiado el rostro con un pañuelo de seda (que tuvo la delicadeza de humedecer previamente en un frasquito con *agua de rosas*), quizás adivinando que tengo las mismas necesidades de un niño pequeño, procede a obsequiarme un *biscuit au chocolat* (extraído como por arte de magia de una caja de bombones europeos) instándome a que lo disfrute de inmediato.

Al poco rato, como si fuera una madre que toma entre sus brazos a su bebé y tiernamente lo arrulla, tras entornar delicadamente sus hermosos ojos color del cielo, comienza a tararearme una canción:

> *Reacciona niña mía*
> *flor de mi sangre*
> *lucero custodiado*
> *luz caminante.*
>
> *Si las estrellas bajan*
> *para mirarte*
> *detrás de cada estrella*
> *camina un ángel.*

TERCERA PARTE

I

Debo reconocer que mi situación ha comenzado a cambiar, ya que ahora mismo mi fina acompañante, postrada tiernamente ante mí, no cesa de acariciarme pasando con suavidad su mano sobre mi maraña de cabellos (tal vez tratando de alisarlos), de modo que su actitud protectora y maternal termina por darme confianza, haciendo que me conecte de manera inadvertida y como si fuera un milagro, con una estampa tradicional, que tiene la virtud de aliviar momentáneamente mis tribulaciones: Es una especie de *holograma*, una imagen archivada y que creía perdida en algún oculto cajón de la memoria, pero que ahora danza libremente en los recovecos y ondulaciones de mi cerebro... Podría provenir de un tiempo muy diferente al actual... ¡Sí! ¡Sí! Pensándolo bien, corresponde a una época en que era muy feliz, cuando en mi infancia disfrutaba la *Navidad* al lado de mi familia:

> *En una página escrita*
> *con tinta azul y dorada*
> *hay aves que siempre cantan*
> *y surtidores de agua.*
> *Entre la bruma percibo*
> *unas siluetas de espaldas:*
> *son los espíritus albos*
> *los guardianes de mi infancia.*

¡Cielos! Ahora me doy cuenta que estoy empezando a evocar algunos episodios de mi vida, que por su vital importancia quedaron registrados en mi defectuosa red pensante, situada precisamente en *la nuececilla* donde se guardan los recuerdos.

Cierro los ojos y en un instante me transporto a esas veladas invernales, transcurridas en el hogar de mis padres, amenizadas por los tiernos villancicos de *"Los Santos Peregrinos pidiendo posada"*, sazonadas por los suculentos olores del pavo al horno y demás confites de la *Nochebuena*, al pie de las luces multicolores del portal de *Belén*. Inclusive puedo ver con claridad, entre la sinfonía de guirnaldas, faroles y esferas escarchadas, una serie de muñequitos de cerámica representando a los personajes del nacimiento del **Niño Jesús**: Los rebaños de ovejas conducidos por los pastores parecen ascender hasta el clásico portal del establo, mientras que en el pesebre, después de quedarme extasiada observando a las figuras de **María** y **José** (quienes han sido inmortalizados por la mano de algún talentoso orfebre mexicano festejando alegremente con la mula y el buey la llegada del anunciado **Mesías**, su bebé recién nacido que sería el **Salvador** *de la humanidad*), tengo además el privilegio de visualizar, en lo más alto del tejado de paja, con sus manos unidas para hacer oración, a la radiante figura del **Arcángel Gabriel**.

Me imagino que esta curiosa evocación se debe a que la misteriosa dama que me atiende posee una actitud casi celestial, incluso semejante a la de cualquier ser etéreo desprendido de los elevados círculos divinos...

Lo cierto es que ella ha sido tan buena conmigo, que no encuentro palabras con qué agradecerle todas sus atenciones... Por otro lado, parece que no conoce el descanso, pues sus manos se están moviendo ágilmente masajeándome el cuello y la espalda en un caritativo intento de aliviar el dolor de mis músculos, de manera especial los que aún permanecen rígidos por el efecto de las contracturas.

— *Debes tener mucho tiempo de estar padeciendo este tortícolis*— me dice con un dejo de asombro, al descubrir las huellas visibles de la tensión bajo mi piel.

— *¡Cómo te ha hecho falta que alguien te atienda y te de ánimos para aliviarte de todo el mal que traes a cuestas! ¡Tu aspecto es tan triste y desolador!* —Continúa hablando —. *Pero ahora yo estoy aquí contigo. Debo decirte que he venido de muy lejos, de un lugar cuyo nombre no me es posible pronunciar porque no tienes todavía la suficiente conciencia para recordarlo. Sólo te ratifico que en verdad existe; es tan real como la sonrisa de un niño o el llanto de tu corazón. Desde ese sitio mágico, al escuchar que me necesitabas, no dudé ni un instante en viajar a través de un túnel de oscuridad desafiando las inmutables leyes de la razón y la lógica... Sin embargo, ignoro yo misma cómo se hizo posible mi traslación a este plano terrenal...*

—*¿Me movilizaría como una minúscula partícula de luz y luego de dejarte* —por un segundo— *atónita, habría alcanzado a posarme en tus pupilas, utilizando cierto atajo espacial, me refiero a esos agujeros negros que existen en el universo y que en un santiamén atraviesan infinidad de orbitales galácticos?*

—*¿La energía de alguna sesión espiritista se habría encargado de materializar mi ectoplasma haciendo que tu visión lo captara, a través de una enigmática médium que tuviera el poder de visualizar imágenes ultraterrenas, realizando con ellas sutiles intercambios psíquicos?*

— *¿Podría ser la consecuencia viviente de una metáfora creada por un poeta que hasta el momento ignora que es tu alma gemela?*

– *¿Sería una manifestación esotérica del poderoso efecto que tienen las oraciones y demás rituales de meditación que a favor tuyo continúan efectuando en el otro mundo tus familiares fallecidos?*

– *Me parece que nunca podré explicártelo en la forma en que tú lo deseas entender, porque escapa a mis posibilidades, lo único que se me ocurre mencionar ahora es que por intercesión de tu Ángel de la Guarda, Dios te quiso conceder una gracia que sólo en muy contadas ocasiones le otorga a algún ser mortal* –Hace una pausa para ver el efecto que sus palabras me ocasionan.

Pero a pesar de que experimento *un latigazo de adrenalina*, no se lo puedo expresar, pues continúo atolondrada por el vértigo. Por cierto dicho mareo me hace imaginar que ella ha llegado a mi encuentro viajando en forma similar al *cometa* que apareció en el firmamento de *Belén* poco antes de que naciera el **Niño Dios** (¿Será posible que exista tanta benevolencia divina?)…

> *La señal es una estrella*
> *evasiva, muy lejana*
> *construida con los sueños*
> *y las flaquezas humanas.*
> *Equilibrista del tiempo*
> *viajera de las galaxias*
> *con apetito en el cuerpo*
> *y un ideal dentro del alma…*

Sea lo que fuere, incluso como si mi ser astral sorpresivamente dejara de vagar por esos extraños *círculos etéreos* y quisiera de nuevo penetrar en mi cuerpo –o dicho de manera más sencilla–, queriendo sólo disminuir la tensión que me invade, emito un prolongado suspiro…

II

Poco después, ya más calmada y serena, sobre todo con mucho menos dolor, aunque todavía estoy tendida en el suelo, empiezo a distinguir los contornos de su figura, que brilla fosforescente en ese haz de luces tornasoladas; provocándome de pronto sus rutilantes destellos un vuelco de emoción; en pocas palabras: haciendo que mi corazón se acelere al máximo, incluso hasta que salte de júbilo.

De hecho, al terminar de efectuar mi escrutinio, examinándola de la cabeza a los pies, me doy cuenta que posee una esbelta silueta, de ágiles y preciosos movimientos, ya que irradia armonía por todos sus poros. Debo agregar también que guarda mucho parecido con un personaje que he visto anteriormente en la portada de algunos discos antiguos y que todavía en la actualidad es posible encontrar a la venta en las discotecas y hasta en las tiendas de artesanías de la avenida en que me encuentro… ¡Sí! ¡Sí! ¡Por supuesto! Ahora que lo pienso bien, sus ademanes y su rostro, así como su inimitable timbre de voz, me recuerdan precisamente a los que poseía hace medio siglo la menuda cantante francesa **Edith Piaf**.

Su fina cabellera recogida hacia atrás en un peinado de rizos, huele a perfumes de jazmines y lavandas (Me pregunto si corresponderán a los que se elaboran en las fábricas de *Grasse* en *Provenza*, casi en las faldas de *Los Alpes Marítimos*, en la celebérrima *Costa Azul* mediterránea), en tanto que sus redondos y expresivos ojos me sugieren fantásticos paisajes —similares a los que se reflejan en el *espejo de la luna*—, ésos que reconocen únicamente los seres que vuelan y que quizás pervivan en mi memoria más allá de los límites que alguna vez habré de traspasar.

III

—*Respira lentamente, déjate llevar por el hálito de vida que entra y sale por tu nariz, piensa que la frescura de los bosques está inundando tus pulmones*— me sugiere la fantástica dama con voz mesurada y sin dejar de sonreír.

Así pues, siguiendo su consejo, no solamente alcanzo a percibir con agrado esa dilatada frescura de coníferas mientras va atravesando los epitelios de mi árbol respiratorio, sino que yo misma puedo viajar hasta ese lugar encantado, de tal modo que:

> *Las laderas de los bosques*
> *se humedecían en sonidos*
> *¡Qué altivez y qué frescura*
> *me prodigaban los pinos!*
> *El viento era melodía*
> *con ecos y con chasquidos*
> *y las flores se cubrían*
> *con encajes de rocío...*

De esta forma, habiéndome contagiado por esa tierna sonrisa, cuando menos me doy cuenta, mi sombrío estado de ánimo da una voltereta y se torna luminoso, presintiendo incluso sin encontrar una causa evidente, que el destino me ha traído de vuelta a un ser querido que hacía mucho tiempo consideraba extraviado... ¡Eso es! Intuyo que hay algo familiar en mi dulce acompañante... ¡Dios mío! ¿Será posible que sea verdad esta idea que acaba de surgir de mi mente? ¿No será que he cruzado ya *el umbral de la dimensión desconocida*? ¿Por qué pienso que ella y yo somos los extremos de una misma entidad? ¿Podría ser sólo una imagen hipnagógica que compensa la desolación de mi alma?

Sigo pensando (sin dejar de rascarme la cabeza) que es imposible que esta extraordinaria situación me esté ocurriendo precisamente a mí...

Por otro lado, me niego a creer que lo que estoy viviendo sea sólo una idea delirante, producida por algún pico de fiebre de origen oscuro, o todavía más, una alucinación óptica, con flashazos y círculos multicolores que no paran de expandirse distorsionando mi campo visual y que por ende me hagan sospechar que he perdido la razón.

Incluso las correlaciono con esas *"auras"* o espejismos mentales –los *fosfenos* o *fotopsias*– que presentan los epilépticos unos segundos antes de su crisis y que los llegan a sacar de las casillas de este mundo terreno, pues no poseen ninguna red de protección o mucho menos de algún *cordón de plata* que les custodie los giros de la mente (me refiero a la sutil conexión que los tibetanos utilizan para meditar y hacer viajes astrales que los impulsan a flotar en el vacío y que después de penetrar y explorar los diferentes escalones o bardos del *más allá*, los salvaguardan de los peligros que encuentran al mantener atada su conciencia a la normalidad).

> *Altares en la nieve*
> *en el Tíbet eterno*
> *se iluminan con luces*
> *de todo el universo.*
> *Se crea un mundo fantástico*
> *cual salido de un cuento:*
> *brilla como diamante*
> *el instante perpetuo.*

Por el contrario, los aludidos enfermos, al carecer de la mínima defensa, caen aparatosamente en el suelo, víctimas de fuertes sacudidas musculares que les provocan las descargas eléctricas desencadenadas por las alteraciones de su cerebro anormalmente excitado...

> *Músculos que se agitan*
> *en estremecimientos*
> *impulsos que sacuden*
> *la cabeza y los miembros.*
> *Se siente la fatiga*
> *se siente el hormigueo*
> *se agota la energía*
> *y se acorta el resuello...*

Mas por ahora quiero dejar atrás esos tortuosos e inasequibles caminos del saber –ésos por donde suelen transitar los estudiosos de la *Neurología*, la *Astrología* o la *Metafísica*– y volver humildemente a mi propio caso, donde tengo que reconocer que a pesar de mi extrema fragilidad, a mi inseguridad ontológica (que se ha vuelto a últimas fechas más evidente que nunca) así como a los ambiguos dobleces de mi persona, me mantengo:

> *Caminando por las sendas*
> *de la fantasía y el mito*
> *elaborando quimeras*
> *y sueños de paraísos:*
> *Recorro todos los pueblos*
> *las aldeas y los castillos*
> *con la esperanza de hallar*
> *la flor azul del destino...*

Un incierto destino que, tras ser pesado y medido por la ciencia exacta de las *Matemáticas*, me dice que por lo pronto, deje atrás mis elucubraciones y demás alegorías mentales, y admita que al fin de cuentas lo más importante es la corriente de empatía que se ha establecido entre esa luminosa aparición y la difusa ***sombra*** en que me he convertido yo...

> *Y en el camino me veo*
> *a merced de un enemigo:*
> *Es una sombra que espía*
> *con rostro desconocido.*
> *Y su presencia es indicio*
> *de un mundo oscuro y hundido*
> *que cuando pierdo el control*
> *enseña sus apetitos...*

Unos minutos después de haber transcurrido el encuentro, la fantasmal visión me ayuda a comenzar a recordar, hasta en forma milagrosa, la época dorada de mi juventud; no me estoy refiriendo ahora a las múltiples locuras que al igual que todo el mundo en un momento dado llegaría a realizar, sino concretamente: al alborozado momento en que supe que había aprobado los difíciles exámenes para ingresar a mis estudios clínicos en la universidad.

Así, cuando estuve situada en el interior de sus aulas, embargada de curiosidad e idealismo extremo (en esa especial *Alma Mater* que sería la facultad de *Medicina*), sentada en mi pupitre, no sólo escucharía con alborozo y arrobamiento las explicaciones de mis maestros, sino que hasta llegué a creer que con los años poseería la capacidad y el arrojo de curar —o cuando menos aliviar— a toda esa gente que sufría de algún dolor físico o moral (en especial a los más desfavorecidos por la suerte) y poner así mi *granito de arena* en el **Plan de Dios**, manteniendo firme la esperanza de que algún día, al haberse desarrollado la conciencia, la tolerancia y la comprensión, se disiparan gradualmente los males del mundo, incluyendo los odios, envidias, rencores y en general todos esos malentendidos y soterrados asuntos que se han ido quedando sin resolver a lo largo del tiempo entre nuestros congéneres, especialmente entre nuestros seres queridos, siendo posible al fin la coexistencia pacífica y universal... Esa quizás sea la razón que más se aproxime al meollo de este tema y que explique mi fuerte tendencia a identificarme con ella...

IV

Una vez emergida del viaje a través de los elevados círculos de mi **utopía personal**, me pregunto, tratando de encontrar el hilo suelto de la madeja que ciertamente a cada rato se me extravía, si habremos tenido esta mujer y yo en una lejana y olvidada época un vínculo de consanguinidad...

¿Seríamos inicialmente idénticas, pero el girar constante de la vida nos fue diferenciando, como cuando dos estrellas hermanas al irse alejando en la frialdad absoluta del espacio sideral y perder inexorablemente el contacto con la galaxia que las vio nacer, terminaran por ser muy diferentes entre sí? Se me ocurre pensar que tras recorrer cada una un largo periplo por distintas dimensiones, nos hubiéramos vuelto a encontrar transformadas en seres con caracteres opuestos: Ella, una mujer segura de sí misma, en armonía con su interior y con su entorno, rica en sabiduría y generosidad. Yo, un ser en desorden total, golpeado por la histeria y que carga un amasijo de preguntas sin resolver.

Un viraje, un viento adverso
la esperanza hace pedazos:
¿Es el amor el que llega
o es la muerte con su báculo?
Entra al jardín de la vida
y con filosos zarpazos
súbitamente arrebata
las dos raíces del árbol...

En un descuido, este nuevo molinillo de íconos acaba por golpearme la frente con sus agudas aspas, trayéndome así a la conciencia una dolorosísima escena que creía haber sobrepasado ya: la violenta muerte de mis progenitores – ¡Ay! ¡Dios mío! –, la cual inexorablemente me sumió en un profundo y prolongado duelo que quizás extienda su largo tentáculo hasta el momento actual, una especie de *"stand by"* que dejó que mi existencia transcurriera durante muchos años en el vacío y la nada, un oscuro escenario del alma donde viví acompañada no sólo por mi austera soledad, sino por horrendos sentimientos de culpa que fustigarían constantemente a mi espíritu y que habrían de incluir también en ese doloroso deambular de evocaciones: a la orfandad, la depresión, la inseguridad, la minusvalía, la frustración, la impotencia y hasta una infinita cólera contra la vida.

> *El duelo es un tiempo muerto*
> *es cantera del letargo.*
> *Allí no hay campos fecundos*
> *todo es seco, tieso, magro.*
> *No hay nubes en esos cielos*
> *no hay consuelo, todo es ácido.*
> *Es un territorio negro*
> *que se asemeja al* **Calvario**...

Pero ¿por qué persevero en herir mi autoestima de este modo? ¿Será que la energía que genera mi cerebro no alcanza a integrarse ni mucho menos a cubrir mis necesidades espirituales? ¿Y luego por lo mismo quedo como atascada, sin saber trabajar ya mis traumas, complejos y demás bloqueos psicológicos?

No obstante, a pesar de haberme visto obligada a tocar frontalmente este angustioso *"flash back"*, como si hubiera tenido que caminar descalza sobre brasas ardientes, ya fuera en contra de mi voluntad o hasta en un desesperado intento de sanación, sigo sin entender el propósito esencial del *"por qué"* he llegado a esta absurda eventualidad.

Infiero que desde hace mucho tiempo pude haberme estado nutriendo de emociones altamente tóxicas que tras volverse añejas como el vino, reprimidas en el sótano de mi inconsciencia, tarde o temprano habrían de pugnar por surgir al exterior:

> *En la ebriedad de las horas*
> *me sumerjo en el fracaso*
> *quiero empujar y no puedo*
> *la rueda que guía mis pasos.*
> *Quiero romper esta cápsula*
> *de indolencia y de marasmo*
> *y salir de esta sequía*
> *que afecta a mi estado de ánimo.*

Debo aclarar que no quiero echarle la culpa a nadie de lo que me está ocurriendo, pues tal vez yo misma no he tenido la suficiente habilidad y perspicacia para custodiarme y defender mi "**Leitmotiv**". Así, al ser demasiado confiada y estar en un escenario donde todo el mundo compite por obtener la energía vital, lejos de protegerme, me abrí a cuantos me rodeaban y de ese modo, al permitirles la entrada al íntimo recinto de mis emociones, ellos –codiciosamente– me robaron a manos llenas… Son tantas las causas que me han convertido en este nudo de nervios, que no tiene caso que prosiga más por este intrincado rumbo…Sólo puedo agregar que estoy muy lejos de ser lo que yo hubiera querido, y que lo más triste del caso es que ahora mismo tengo conciencia plena de mi tragedia existencial. Pero no intento justificarme ni tampoco mistificar el evidente hecho, sino explicar que no ha sido por evasión o por maldad, sino más bien por aturdimiento extremo… Irreflexivamente caminé por la caótica senda que el destino me otorgó y luego, no contenta con caer al ras del suelo, me quedé atorada en este sucio y fétido agujero, en donde estoy:

> *Condenada a dar de vueltas*
> *desesperada… Esperando*
> *en la arena de un desierto*
> *donde no queda ni un árbol.*
> *No sé por qué pero insisto*
> *y camino sin descanso…*
> *Tengo sed de muchos siglos*
> *y no logro hallar remanso.*

Dicho de otra forma: así como un aeróstato se desinfla tras ser puncionado por un alfiler, yo misma me desinflé por completo, dejando escapar las pocas fuerzas que me quedaban. Ahora no tengo más remedio que aceptar que he sucumbido ante las circunstancias, con el alma doliéndome a más no poder.

He quedado atrapada en un círculo vicioso, del mismo modo que una luciérnaga queda presa en el interior de una lámpara de cristal y allí mismo, aturdida por dar tantas vueltas, ya no soy capaz de salir…

– *No te atormentes por lo que crees que te ha ocurrido* –me dice la femenina aparición, a la que desde este instante voy a otorgarle los poderes mágicos de un ángel o hasta el de un "*hada madrina*", ya que parece que telepáticamente ha captado mis oscuros pensamientos y quizás por ello sigue hablando– *descansa un poco y deja de llenarte la cabeza con esas ideas torturantes que a nada bueno te conducirán. No te conviertas en tu propio verdugo. ¡Por favor! Detén los latigazos de autocrítica, ya que de este modo te seguirás empobreciendo; pues al margen de lo que se pueda movilizar en tu interior, ésa es la forma más segura de acabar despojada del potencial de riquezas que* tu alma posee. Llegará el tiempo en que todas esas imágenes que están danzando de manera caótica en tu mente, se organicen y acomoden en forma análoga a como lo hacen las piezas de unas damas chinas o hasta las de un ajedrez, movidas ni más ni menos que por el destino, el supremo jugador del universo. Justamente a partir de ese instante empezarás a entender el sentido de tu sufrimiento. Pero me detengo hasta aquí pues una voz interior me está ordenando que por ahora no te proporcione más información de la que tú misma puedas entender. Tengo que reiterarte —me mira fijamente entonces— que no insistas en medirte con una vara estrecha, pues con certeza te digo que si lo haces de esa manera, irremisiblemente te seguirás equivocando, de la misma forma en que lo hacen tus contemporáneos, ya que las escalas que habitualmente utilizan para juzgar, amén de ser muy apretadas y reducidas, son rígidas y carentes de elasticidad. Por lo pronto, ahora lo único que tienes que hacer es darle gracias a la vida, no una, sino muchas veces, por la nueva oportunidad que te está concediendo, ya que a pesar de que has estado expuesta a numerosos peligros y de que en ocasiones no has reaccionado en forma óptima, se te ha preservado de todo mal y ¡Caramba! estás aquí conmigo sana y salva. Por eso es preciso que amplifiques y valores tus vivencias en el presente actual.

El día pasa, es transeúnte
camina lento y sin prisas
va recogiendo los sueños
del obrero y el artista.
Las voces de los extraños
el canto de un alma amiga
y algún recuerdo que vuelve
desde la infancia perdida.
Es caracol sempiterno
cascabel y chirimía
que se escucha en tierras bajas
y en toda la serranía.
Se hace lluvia, se hace nieve
o una corriente tranquila.
Golpea de frente en el rostro
al transformarse en ventisca.
Se duerme cuando se arrulla
por la voz de la alegría,
despierta con sobresaltos
cuando siente que peligra…

– *Hoy más que nunca debes concientizar la gracia de saber que continúas respirando, de que aún eres capaz de escuchar y gozar de la música, observar lo que te rodea a través de la luz del sol, tocar las pieles de los demás seres humanos —sobre todo las de los seres que te aman—, aspirar el aroma de las flores, gustar las frutas, el pan o la miel...*

> *Renace cada mañana:*
> *Huele, siente, oye, respira*
> *agradece a Dios el tiempo*
> *para alcanzar la armonía...*
> *Ponte caireles de fiesta*
> *lunares de simpatía*
> *terciopelos en los labios*
> *arreboles en mejillas.*
> *Y a ritmo de castañuelas*
> *de claveles y mantillas*
> *asciende a un "tablao flamenco"*
> *y baila como en Sevilla...*

– *Tales estímulos, mediante la liberación de una cascada de endorfinas, todavía pueden brindarte emociones y sorpresas hermosas con las que conquistes momentáneamente la felicidad. Esto te ayudará a ser consciente de tu valía como persona, tan importante a los ojos del Creador como el más iluminado de sus hijos, ya que sólo así podrás creer que tú misma eres susceptible de crecer mucho más allá de los límites que hasta ahora conoces. Además recuerda que:*

> *En todo este movimiento*
> *sólo hay "pasaje de ida"*
> *avanzar como se pueda*
> *no queda otra alternativa.*
> *Y a pesar de imperfecciones*
> *de excesos y de perfidias*
> *surgen oasis de calma*
> *y chispazos de alegría...*

– *No quiero detener mis enseñanzas en los conceptos previos* –hace una pequeña pausa para suspirar–, *pues me falta expresarte algo muy importante y que, si en algún instante lo llegaras a cuestionar, a la postre te protegerá de los ataques de* **"Las Parcas"** *–esos malévolos arquetipos de la autodestrucción que llevas todavía hilvanados en tu cerebro–: ante todo debes tener presente que, en cada circunstancia que te rodee, por más oscura y atroz que te parezca, siempre existirá un pequeño punto de convergencia que simultáneamente tiene la propiedad de expandirse; una especie de pupila virtual que al reaccionar a una corriente de luz, deja filtrar los destellos de un arco iris. Ese es el promisorio haz de la esperanza, la línea que habrás de franquear y en la que se irán integrando, a su debido tiempo, cada uno de los fragmentos que te han pertenecido siempre, a través de casi una eternidad.*

V

Así, aunque les suene increíble, en un instante determinado, me doy cuenta de que me he aliviado en grado sumo de mi dolor, pues tal parece que he sido objeto de una *curación psíquica*, y al tiempo en que mi cálida benefactora ha concluido su disertación y que, más que explicación docente, ha significado para mí una auténtica *Revelación*, me encuentro ya fuera del sucio agujero en el que había caído con anterioridad, en postura de genuflexión, adquiriendo la misma actitud que alguna vez llegué a tener cuando era niña y junto a mi madre oraba con fervor en alguna iglesia cristiana, deseando quizás de esa manera, que mi alma se mantenga conectada con una fuerza superior…

En una actitud humilde
relajada y de rodillas
hecho hacia atrás mi cabeza
sacudida por la brisa…
Después miro al horizonte
donde surge **La Magníficat***:*
Los misterios del rosario
con todo y su letanía
los rezo con gratitud
al llegar esa hora mística…

En medio de mi sorpresa, me percato también de que a pesar de seguir llevando a cuestas ese molesto cúmulo de ansiedades y miedos, mantengo intactas mi capacidad y mi potencia, así como el ferviente deseo de salir adelante… – ¡Uf! –.

Por otro lado alcanzo a percibir que mi aspecto es ahora muy diferente al que mostraba al inicio de la narración. De hecho, aunque todavía visto esa sencilla túnica de lino blanco (y que a pesar de mi vergüenza, persiste desgarrada y húmeda), gracias a que tengo una columna vertebral saludable y elástica, soy capaz, tanto de lograr el equilibrio al mantenerme alegremente erguida, como de proyectar una agradable fisonomía.

VI

Después de realizar varios intentos, finalmente logro ponerme en pie en el mismo sitio donde había comenzado mi narración; esto es: en la acera de sol de la glamorosa *"Avenida Revolución"*, sintiéndome rejuvenecida y hasta con derecho a forjar nuevas ilusiones, inclusive me atrevo a pensar que:

> *Mirando como se mira*
> *con ilusión el mañana*
> *con la sangre burbujeante*
> *y alegre como champaña.*
> *Mirando hacia esas siluetas*
> *moverse en la ruta urbana*
> *se deja que los anhelos*
> *tomen posesión del alma...*
> *¡Ah! Qué inmensos horizontes*
> *tiñen mi cielo escarlata*
> *qué inmensos son mis deseos*
> *de volar como las águilas...*

Miro entonces hacia adelante con valentía y temeridad, por encima de los surrealistas anuncios de neón que hasta peligrosamente cuelgan de las azoteas y cornisas de los hoteles, restaurantes y demás centros de placer; sobrepasando con la vista la hilera de palmeras que acaban de sembrar, a imagen y semejanza de los exuberantes bulevares de *California*, sobre todo los que embellecen la ciudad de *Los Ángeles*, situada a unas dos horas de aquí.

Sin embargo, a pesar de este novel optimismo que con tanto empeño y tenacidad recientemente he adquirido, no dejo de reconocer que todavía me falta mucho para alcanzar la aceptación y la armonía plenas, pues sigo siendo muy sensible a los estímulos discordantes y grotescos —sobre todo los auditivos y visuales—, por ejemplo: lo que está produciendo ahora el ensordecedor tráfico vespertino, ya que con sus ruidosos cláxones y alarmas no cesan de herir agudamente mis tímpanos… Se me ocurre pensar que sus conductores luchan enconadamente para arrebatarse los unos a los otros la supremacía y el poder, no sólo a través de las rispideces verbales que intercambian, sino hasta llegar al colmo de la situación, esto es: expresándose con puñetazos y otros golpes sangrantes.

Confieso que en el pasado tenía que realizar un verdadero esfuerzo de voluntad para no sucumbir a tantas tentaciones —esos hedonistas incentivos que por doquier aparecen— y que incluyen los provocativos guiños de los anuncios de las droguerías, restaurantes, café-cantantes y cabarets, algunos con estímulos subliminales que incitan al desenfreno y a la enfermedad, los cuales, dicho sea de paso, casi nadie es capaz de percibir, así como los detonantes y chillones *spots* de alguna pantalla fluorescente que informa la cercanía de un depósito de cerveza bien fría, especialmente la que se elabora en las fábricas de la región cercana.

Precisamente hoy, al tener una determinación más firme y ser capaz de seguir adelante haciendo caso omiso a las distracciones, los miro con la más absoluta indiferencia.

Tampoco me llama la atención el clásico show de los asnos de piel pintada con rayas blanquinegras emulando las cebras, quienes montados a una tarima que alberga una ruda escenografía del desierto mexicano —algunos incluyen el ícono de la **Virgen de Guadalupe**—, invitan a los turistas, no a tatuarse los brazos con unas rayas iguales a las de ellos, sino a jinetearlos con un jorongo de rayas multicolores encima, para tomarse luego una estereotipada y costosa fotografía que más que ser de índole folklórica, es una parodia de la esencia provinciana…

Ni siquiera logran atraerme los coloridos islotes de los vendedores ambulantes que ocasionalmente salpican el camino, con sus carritos cargados de frutas tropicales, helados o bebidas gaseosas, que en otras ocasiones alcanzaban a estimular la secreción de mis jugos digestivos.

Borricos disfrazados
con tatuajes de cebras
retratan los turistas
tomando sus cervezas.
Y algún anciano humilde
llevando su carreta
vende sus "alegrías"
y gana mil tristezas…

VII

Yo creo que el ser tan obsesiva y perfeccionista es una característica bien definida de mi personalidad. Me parece que los psicólogos y estudiosos de las neurociencias, así como los demás especialistas del espíritu, la han etiquetado con la letra *"A"*... Sin embargo, más rápido que la velocidad del sonido, la esquirla de la duda nuevamente me incide y hace tambalear pues: ¿Será verdad ese significado o sencillamente la letra *"A"* es la inicial de mi nombre? No lo sé...

Volviendo a mi mórbida y esquiva naturaleza, como va a estar muy difícil que la logre transferir por otra, no tengo más remedio que aceptarla sin mayores titubeos; si acaso puedo hacerle con mis instrumentos de modista empírica – o quizás con los hilos y tijeras de **Esculapio**– ajustes y pespuntes en ciertos puntos álgidos, para que, como dice la oración de *"doble A"*, con ellos logre mejorar mi manera de reaccionar y cambie enérgicamente todo lo que me sea posible, acepte con templanza lo que no depende de mí y desarrolle sabiduría para distinguir la diferencia; ya que realizarse a sí mismo una *"cirugía en el alma"* es infinitamente más arduo y complejo que la que los cirujanos plásticos efectúan en el cuerpo anestesiado, sobre todo en el de la mujer. Por cierto tales servicios se anuncian en carteles luminosos de proporciones descomunales, sobre todo en los sitios más estratégicos de la ciudad –y donde suelen ocurrir las aglomeraciones–, provocando de inmediato en quienes los observan un efecto persuasivo tan tremendo, que se alcanza a parecer al que producen algunas exclusivas sectas religiosas (más o menos como si un terremoto sacudiera las más finas capas del inconsciente femenino, desestabilizándolo por completo, a tal punto de ponerlo en peligro de un *"jaque mate"*).

Así pues, dejando atrás todo tipo de alusiones e indirectas, no tengo más remedio que aceptar mi legado hereditario, cultural y medio ambiental específico y con esa peculiar argamasa ser mi propio artífice, incluso reconstruyendo mi *"Leitmotiv"* lo mejor que se pueda, pues a fin de cuentas debo seguir adelante con ese estigma de *"alienada"* que muchos ven en mi frente, depende de lo que se le quiera ver, lo cual –renglón aparte– constituye una verdadera calamidad, circunstancia que de más está decir, a veces se desvía de mis manos...

Y al aceptar plenamente que cargo a cuestas muchos defectos del espíritu, los que muy a mi pesar hacen que me deslice, cuando menos me doy cuenta, en el absurdo tobogán de la *histeria*, confieso que entre ellos hay uno muy molesto y reiterativo: me refiero al hecho de que aún no he aprendido a relajarme bien.

Como corolario de lo anterior y al encontrarme otra vez en el presente llena de tensión y desasosiego, con una emotiva carga de estrés que me cuesta mucho trabajo manejar, no puedo evitar luego detener mi paso ante los vistosos carteles que señalan las cifras numéricas de la moneda nacional y extranjera –subrayada esta última con letras rojas–, quizás inscritas con tinta indeleble e imposible de lavar; las cuales aparecen, incluso en forma subversiva, tanto en los ventanales de las casas de cambio, como en los del monte de piedad… Estresada al máximo, alcanzo a escuchar:

Gritos de hombres y señoras:
dependientes del dinero
especulan por el dólar
ya que el mexicano peso
*está en "**la crisis**" ahora.*
Y mantiene en la deshonra
en la pobreza y el vértigo
a infinidad de personas
en la frontera de México.

(Cabe señalar que en este momento histórico, el país está siendo amenazado día a día y hora tras hora por el alza galopante del dólar, elevaciones que por cierto erizan de pánico la piel).

Tanta incertidumbre flotando en el ambiente me obliga a confesar, que al igual que la gran mayoría de mis contemporáneos, soy también un producto fortuito de la época, por lo que no es raro se me produzca una sensación de rebeldía y hasta de extrema furia (no piensen que por sufrir un *"estado alterado de la conciencia"* o tener una *"personalidad histriónica"* extraída del catálogo del *DSM IV*, permanezco ajena a las eventualidades de mi entorno). El caso es que al presentir o imaginarme que soy un *"cero a la izquierda"*, es decir: al no tener en mis manos la capacidad de cambiar las condiciones económicas de esta nación, sucumbo impotente y desalentada, teniendo entonces la impresión de vivir prisionera, no sólo en la confusa cárcel de una *extraña enfermedad del espíritu*, sino en un calabozo de *perjuicios económicos*, y todavía más, torturada por el crudo y acendrado *materialismo yanqui*, lo cual no cesa de obstaculizar los pasos que con tanta dificultad estoy empeinada en dar…En otras palabras: como si la *impotencia*, el *desaliento* o la *tristeza* fueran piedras colocadas a propósito en mi sendero personal, impidiéndome frecuentemente, entre otros asuntos decisivos, visualizar los infinitos recursos y posibilidades que para alcanzar la *"Individuación"* (esa codiciada meta de los filósofos y pensadores) ofrece el espíritu y la creatividad.

Quizás por esta última razón, mi acompañante femenina me sugiere que me olvide de las inconveniencias "del *aquí y ahora*" y me concentre únicamente en mi respiración; asimismo me explica de manera convincente que ése es el método más seguro para expulsar las agresiones del medio y poder controlar el estrés y la angustia existencial, pues ha llegado la hora de que mi pensamiento cambie de *longitud de onda*, de tal modo que con una frecuencia muy sutil (no se trata de los clásicos ritmos cerebrales del electroencefalograma, sean: alfa, beta, gama, delta o theta, sino los que el destino reserva sólo para casos de emergencia), me aconseja que emplee mi visión panorámica de largo alcance, ésa que se utiliza sólo en rarísimas ocasiones, pues debo enfocar con precisión el punto exacto donde se observa a la avenida enlazarse con el horizonte.

—*Si eres capaz de fijarte bien, en esa aguda convergencia* —me expresa la señora— *se levanta una imponente construcción en forma de un arco parabólico, que tiene alrededor de ochenta metros de altura y que recientemente ha pasado a formar parte del patrimonio cultural de la ciudadanía.*

Hablándome como siempre al oído, al notar que estoy mirando esa gigantesca estructura de hierro, mi "*hada madrina*" (que a estas alturas de convivencia se ha vuelto mi íntima amiga), no puede ocultar su alegría y satisfacción al otorgarme su peculiar punto de vista:

—*Eso que ves ahí es un reloj monumental que define la perspectiva de esta ciudad. Se llama también el* **Arco de la Hispanidad** *y representa no sólo el punto cumbre de una frontera que divide a dos países con costumbres y raíces muy diferentes entre sí, sino la puerta de entrada a latitudes hermanas, mismas que se extienden prácticamente desde California hasta el Estrecho de Magallanes: ni más ni menos que el subcontinente objeto de los deseos más explosivos y fervientes de los aventureros de todo el planeta: América Latina.*

> *Hay un arco entre las nubes*
> *hecho por mil artesanos*
> *que deseo sobrepasar*
> *a base de un salto mágico:*
> *es necesario que cruce*
> *el límite americano:*
> *el lugar de donde fluyen*
> *caminos ricos y vastos...*

CUARTA PARTE

I

Pero es justamente otra puerta la que se abre en mi mente al mirar el espectacular *Arco del Reloj* desplegado en el horizonte:

Como si de súbito entrara en un delirio psicodélico producido por la ingestión de alguna de esas drogas que expanden la visión del espíritu, sobre todo las que se extraen de las plantas del desierto, sea el peyote o los hongos alucinógenos... En un *abrir* y *cerrar de ojos* veo caminar al tiempo con su desfile de números romanos, en sentido inverso al de las manecillas que señalan los segundos, los minutos y las horas (por encima de que los turistas extranjeros les digan: *clocks, horloges, rellotges, relógios, orologgi* o hasta *Uhren*); sintiendo en esa peculiar maniobra, que el aire, el sol y las nubes en lugar de moverse hacia delante se están dirigiendo hacia atrás...

> *Las nubes hacen figuras*
> *de ninfas y hadas volando*
> *sus caritas se reflejan*
> *en los cúmulos y estratos...*
> *El aire que se respira*
> *tiene el perfume de nardos*
> *qué curioso "déjà vu"*
> *¿Habré viajado al pasado?*

En un instante, las modernas construcciones que adornan de lado a lado la *"Avenida Revolución"* y que sin lugar a dudas la hacen aparecer una especie de *"Broadway"* mexicana, las que, como ya se ha dicho hasta el cansancio, son hoteles, farmacias, *sex-shops, night-clubs, tables-dance, burlesques,* restaurantes y tiendas de *souvenirs,* parecen volver a la misma época en que surgieran por primera vez.

Entonces, tras parpadear constantemente para eliminar el irritante polvo que se me ha quedado pegado en las pestañas y respirar varias veces con lentitud y profundidad, logro al fin un idóneo estado de relajación…

Plantada en mi propia circunstancia y como detenida en el tiempo, con los brazos abiertos y los ojos entornados, intento mirar con agudeza, ya no el paisaje que tengo frente a mí, sino los pasillos y vericuetos de mi interior, concentrándome de inmediato en el punto luminoso situado entre ambas cejas, exactamente por encima de la pirámide nasal, que a la manera de un *"tercer ojo"*, se va abriendo a medida que mi pensamiento converge más y más en él. Total, que después de un rato de estar efectuando tales ejercicios de ventilación, atenta únicamente a la corriente de aire que entra y sale por mis fosas nasales, atravesando así todas las contingencias de mi árbol respiratorio… Empiezo gradualmente a mirar otro escenario que está como subyacente al actual (como surgido de las arenas movedizas de mi memoria).

Inclusive, de la misma forma en que se desenvuelve con rapidez el carrete de una película, al oprimir la tecla de *"stop"*, las décadas y centurias se inmovilizan; y justo cuando hace *"clic"* aparecen, con claridad pasmosa, las estampas de otra época, la cual es muy diferente a la que estoy inmersa:

> *Se superponen paisajes*
> *que se creían olvidados.*
> *Aparecen cordilleras, cerros*
> *e inmensos océanos…*
> *Un acertijo de nubes*
> *parece estarme retando…*
> *Desiertos **ad infinitum***
> *en horizontes de cactus.*

Mirando con fijeza las imágenes proyectadas en el interior de mi mente, van surgiendo escenas análogas a un film vaqueros que tiene la virtud de transportarme a la época dorada del *Lejano Oeste*:

> *Los caminos atraviesan*
> *paisajes imaginarios:*
> *El sol torea las praderas*
> *con su capote dorado.*
> *En una estela de chispas*
> *van toros californianos*
> *y la tarde al fin refresca*
> *a los vaqueros cansados.*

Se me permite incluso observar el espectacular panorama de un paisaje desértico a la hora del atardecer: Así, en el misticismo tornasolado que encierra la hora en que se reza el ***Ángelus***, las estilizadas siluetas de los cactus, magueyes, mezquites y cardones, al erguirse con reverencia hacia el cielo, producen impresionantes y alargadas sombras, como si fueran imágenes *en negativo* de los cirios encendidos que llevan en sus manos una procesión de fantasmas de la región, que en una especie de "***Réquiem honorario***"; buscan ser recordados por la historia, sobre todo los aventureros que murieron y quedaron enterrados allí, en ese crudo océano de arena y rocas, de cerros y pendientes, cuyos perfiles parecen confundirse en el infinito...

Al poco tiempo, visualizo también unas difusas y etéreas imágenes vestidas con ropas autóctonas (humildes túnicas hechas de bejucos y otras fibras vegetales), que parecen corresponder a los espectros de los aborígenes flotando sobre un relieve rocoso que tiene forma de tortuga y que le llaman "*El Cerro Colorado*".

¿Será posible que sean las representaciones arquetípicas de las almas ancestrales, las mismas que, si logro ponerlas de mi parte, podrían conducirme a lo largo de este insólito y alucinante viaje?

Concentrándome todavía más en esa estampa, logro distinguir otras señales: Son unas rutilantes luces de colores que se prenden y apagan constantemente, como si tuvieran vida propia, sin importarles para nada moverse y brincar a través de la línea de la frontera internacional... ¿Serán esos estímulos una forma de lenguaje que utilizan los espíritus protectores de la naturaleza? Lo ignoro. Lo único que intuyo es que parecen tener un propósito especial, como si tuvieran el poder de esparcir su propia luz para irme señalando el camino correcto en el accidentado y pedregoso relieve, probablemente porque quieren evitar que mi atolondrado espíritu se extravíe o vaya a reincidir en una caída fatal...

> *Atrás está un cementerio*
> *con muchas lápidas frescas,*
> *largos cirios que se apagan*
> *por los vientos fríos y ascetas...*
> *Mas las bocas de los muertos*
> *se abren y me recuerdan*
> *que atrás de risas hay miedos*
> *que atrás del triunfo hay vergüenza...*

Inclusive hay un momento en que los "*flashes*" se detienen para mostrarme unos montículos, sean de humildes tumbas o de mausoleos de mármol, con sus cruces de madera e inscripciones doradas en sus lápidas; los cuales están inmersos en un antiguo cementerio: podrían albergar los restos de los gambusinos y primeros pobladores de la región, cuyas almas, durante la noche en que se celebra a "*Los Fieles Difuntos*" habrán de disfrutar de lo lindo de su liberación momentánea del **Purgatorio**, para formar parte de la procesión de las *ánimas benditas* de Dios, mismas que vagarán por los alrededores, vestidas a la antigua usanza…

> *Estallidos de cráneos*
> *olor a polvo viejo*
> *arañas que se mecen*
> *con un vigor patético*
> *inscripciones doradas*
> *brillan en mausoleos*
> *y cirios que se encienden*
> *en gran chisporroteo…*
> *Un relámpago abre*
> *la bóveda del cielo*
> *Y al abrirse las tumbas*
> *surgen los esqueletos*
> *para bailar sin tregua*
> *en la "**Noche de muertos**"*

¿Por qué pienso esto con tanta seguridad? ¿Formaría yo parte en el pasado de ese estrambótico grupo? Incluso tengo la vaga sensación de que conozco a sus integrantes desde hace mucho tiempo…He aquí que me parece verlos ahora mismo en la penumbra, portando sus característicos sombreros de ala ancha, sus espuelas y sus botas vaqueras, sin olvidar adornarse la solapa con un clavel bermejo… Dan la impresión de dirigirse una y otra vez, en un *"eterno retorno"*, a la *Alta California*, montados en sus briosos y magníficos corceles, que no cesan de relinchar y hasta *caracolear* de entusiasmo… Por cierto veo claramente cómo disfrutan de su travesía, atreviéndose hasta dejar su impronta en algún recodo del sendero.

> *En medio de mis delirios*
> *veo descender el ocaso*
> *lleno de nubes y espectros*
> *como un angustioso heraldo.*
> *Los segundos, ya cansados*
> *escapan de un reloj mágico*
> *y mis visiones se marchan*
> *a mundos inexplorados…*

Una vez que se ha ocultado en el horizonte esa peregrinación de ultratumba, a la par que el disco solar, la siguiente escena que capta mi cerebro con suma precisión, se sitúa entre las sinuosas elevaciones que definen los contornos de la zona, sobresaliendo de inmediato las mojoneras de sauce que demarcan un extenso latifundio, el cual —me parece que estoy comenzando a recordar— es propiedad de una familia de poderosos terratenientes que en los siglos pasados tuvieron un papel relevante en la historia de esta región. Allí se levantan, ajenas a la erosión del tiempo, las paredes de piedra de un rancho ganadero:

> *El caserón de la infancia*
> *tiene baúles y armarios*
> *donde duermen los fantasmas*
> *en objetos y retratos.*
> *En los pasillos vigilan*
> *unos ojos y unas manos*
> *que me inquietan y persiguen*
> *y me causan también pánico.*

Enfocando con precisión la secular construcción, en primer lugar se devela la silueta del edificio principal, de sólida cantera y rojizos tejados (esos techos inclinados donde alguna vez se debieron subir los *filibusteros y anarquistas* para disparar mejor a los miembros del *ejército federal*, allá por los tiempos míticos de la confusión y la leyenda). Sus blancos soportales cubiertos de hiedra verdeolivo se dejan adornar por cascadas de buganvilias y coquetos manchones de geranios.

Dicha edificación, ciertamente influenciada por el estilo que los *misioneros españoles* utilizaron al efectuar sus primeras construcciones en el *Nuevo Mundo*, tiene en la parte más alta de la fachada principal, un relicario excavado en la roca, en forma de concha marina, que alberga precisamente una hermosa imagen religiosa: corresponde a la **Virgen del Pilar**, la patrona de la ciudad aragonesa de *Zaragoza*...

No contenta con lo anterior, vuelvo entonces la mirada hacia su fachada lateral, sólo para descubrir en un lugar análogo, a la pequeña figura de su hijo, representada por la escultura barroca del **Santo Niño de Atocha**, quien por cierto, no deja de sonreírme dulcemente...

Auspiciada por mis espíritus protectores, incluyendo mi "*hada madrina*" (la que confieso en ningún momento me ha abandonado, cuidando con prudencia mi insólito deambular), al cabo de unos segundos de dubitación, me decido a abrir la puerta de la casona, sintiendo de pronto el olor reconcentrado y mohoso de las épocas pasadas, al tiempo en que me proporcionan una calurosa bienvenida los fantasmas de sus primeros habitantes, los cuales aún permanecen allí (miro entonces y casi sin aliento cómo flotan en el aire), resguardando celosamente y a perpetuidad las habitaciones donde se tejieron sus principales experiencias vitales —desde la estancia hasta la cocina, pasando por la biblioteca y los dormitorios– aprovechando incluso la ocasión para mostrarme los diferentes enseres domésticos que llegaron a utilizar, mismos que atestiguan una mezcla de culturas y que tal vez por ello ejercen en mí una suerte de fascinación: por aquí y por allá se encuentran ollas y cazuelas de cerámica, llaves y cerrojos de hierro, sillones de cuero o cestos de fibra vegetal; y donde se continúan dando la mano los sustentos del cuerpo, sean granos de maíz, frijol, cebada, chile o ajonjolí, con los que desde siempre han nutrido al espíritu: estoy hablando de los textos literarios acomodados en los estantes de un viejo librero adquirido quién sabe cómo en la vecina ciudad de *Los Ángeles*…

> *Las paredes de esta casa*
> *son de estuco y de cantera*
> *los tejados tienen rizos*
> *de cerámica y de teja…*
> *Y mi memoria se integra*
> *por variadísimas vetas*
> *en cuyo fondo la infancia*
> *tiene matices de gema.*
> *Allí pernocta el absurdo*
> *los fantasmas de otras épocas*
> *y una sombra primitiva*
> *que tiene aspecto de piedra.*
> *Allí se encuentra el origen*
> *el "Leit Motiv" de mi esencia*
> *los complejos y las fobias*
> *los deseos y las quimeras…*

Dejando atrás el edificio principal, poco después me encamino hacia un patio limitado por alisos, sauces y cachanillas (árboles típicos de la región), donde se siguen disputando las semillas regadas en el suelo las sombras de las aves de corral; es decir: lo que en un tiempo serían gallinas y guajolotes, todavía ensimismadas en recoger su pródigo **Maná**, picoteándose las patas y esponjando su plumaje a imagen y semejanza de sus congéneres humanos.

Al fin arribo a los locales que albergan las caballerizas, donde se pueden escuchar aún los ecos de los nerviosos cascos de los ejemplares andaluces *pura sangre*, que inesperadamente relinchan cuando se les colocan las bridas y las sillas de montar. Parece que se dirigirán a *Tecate*, una posta donde se detienen obligadamente los viajeros antes de atravesar una imponente y abrupta cordillera, golpeada perennemente por gélidos y aullantes vientos del desierto, y que tal vez por esa causa los oriundos de la región la bautizaron como **"La Rumorosa"**…

Sea la causa que fuere, de súbito, los ancestrales fantasmas que fortuitamente me encontrara desperdigados en diferentes puntos de la mansión y que cordialmente también me sirvieran de guías, en un momento dado se separan de mí y vuelven a ponerse en ruta, no sin antes decirme con un gesto unánime: *"adiós amiga"*… No puedo evitar quedarme entonces desconcertada y confusa, únicamente en compañía de esa dama de aire afrancesado, que sigue fungiendo como un *"ángel de la guarda"*… Asimismo comprendo, que esos espectros, ante la orden imperiosa de un ser superior, habrán de dirigirse, una y otra vez, en una especie de penitencia eterna, hacia el *Valle Imperial de Mexicali*:

Es aquí que la memoria
sus circuitos ha extraviado.
Nombres, lugares y climas
son como briosos caballos
caracolean en los sueños:
*sean **pegasos** o **centauros**…*
Corro tras ellos ansiosa
pero ellos corren más rápido.

II

Quedándome detenida en una verja a medio abrir y hasta con cierta sensación de impotencia, al poco tiempo alcanzo a mirar los establos, quienes inundados de olores de estiércol y paja húmeda, relatan desde la madrugada la misma historia que se repite de generación en generación: el proceso de ordeñar las vacas.

Allí comienza este trabajo entre los arreos de los animales, los mugidos de los becerros que se angustian al desprenderse de las ubres de sus madres y las altisonantes expresiones de los vaqueros: éstos, tras acariciarles los lomos a las reses en actitud seductora y engañosa, les lazan sus patas amarrándoselas cuando menos se lo esperan; así inmovilizadas, les succionan sus tetas extrayendo la deliciosa leche que colocarán después en las perolas de latón de gran capacidad.

Pero el proceso no termina aquí…. Jadeantes, los empleados las acomodan en unas carretas que viajarán por la misma vereda que toman las diligencias que van desde el puerto de *Ensenada de Todos Santos*, hasta *San Diego, Santa Bárbara, San Luis Obispo, Los Ángeles y San Francisco*; una cenicienta ruta a través de la costa del Pacífico que no tiene más compañía que los sauces y espinos que la bordean y en cuyo follaje no sólo se escucha el aullido del viento entremezclado con el de los coyotes, sino los bramidos de los *berrendos* y de los *borregos cimarrones* intentando escapar de algún ataque surgido del depredador más cruel y despiadado que ha existido desde siempre en los sistemas ecológicos de todos los continentes: el hombre.

De pronto, mi "*hada madrina*" me señala con su índice derecho una estela fantasmal que levanta mucho polvo a su paso y que sigue los surcos y sinuosidades del *camino real*, perdiéndose a la postre con dirección al norte:

Las carretelas se marchan
y de mi vista se pierden.
Sus choferes las conducen
a San Francisco o Los Ángeles.
Comercian con animales

tras arrancarles sus pieles,
a los indios los explotan
y vejan a sus mujeres.
No conocen la moral
y se burlan de la muerte.
Estos espectros que han sido
sicarios y mercaderes:
¿Cómo podrían descansar
con tantas cosas pendientes?

III

Tonantzin *partida en dos*
es madre de los prehispánicos:
serpiente, maíz y flor
y virgen de los cristianos…
En el árbol de la vida
hay cruces y escapularios
caballeros **Tigre** *y* **Águila**
para siempre separados…

Estamos a mitad del siglo XIX, en el legendario *"EldoradoCaliforniano"*, en la controversial y discutida época en que se inició el magno conflicto que partiría en dos esta tierra de promisión; pues jaloneada por intereses opuestos y mezquinos –unos al norte, los otros al sur– fue incapaz de resistir la tensión bélica que en ella se generara y acabó al final rompiéndose, dando por resultado dos pedazos muy diferentes entre sí.

—*No pienses en eso ahora* – me dice al oído mi sabia y fiel amiga– *porque al ser una herida que mantienes abierta hasta la fecha, ésta no deja de dolerte, causándote aún una incontrolable desazón… Te sugiero que mejor explores la promisoria época en que era una región única en el mapa de América, a la cual aspiraban arribar los aventureros europeos, quienes al soñar continuamente en ella, se decidieron un día a conocerla y hasta penetrar en la matriz de su geografía…*

—*Tengo que decirte que tales individuos antes de subirse a los galeones que los llevarían a atravesar el Atlántico, se documentaron exhaustivamente, llenándose la cabeza de numerosas ideas extraídas de las narraciones legendarias de los textos que, por ese entonces, tenían mayor resonancia en Europa.*

—*Justamente debieron haber leído:* **"La Chanson de Roland"**, *la clásica epopeya gala que canta el heroísmo de las tropas carolingias ante la tragedia de su derrota; de manera precisa cuando* *atravesaban Los Pirineos en el Paso de Roncesvalles* (cuyo texto original corresponde al manuscrito de *Oxford*, por cierto disponible en la *Biblioteca Nacional de París*).

> *Al atravesar un paso*
> *con rocas bien afiladas*
> **Rolando** *y todas sus tropas*
> *sucumbieron en España.*
> *Murieron con heroísmo*
> *por Carlomagno y su patria.*
> *Los juglares en castillos*
> *la historia cantan y bailan*
> *y los maestros la enseñan*
> *en las escuelas de Francia.*

—*En tal poema épico hallaron un capítulo donde se describe la región de California como si ésta fuera un paisaje celestial, habitado por seres armoniosos e inteligentes, una especie de "Shambala" mítico, semejante al paraíso perdido de los tiempos hiperbóreos...*

—*Sin embargo, no conformes con lo anterior, estos hombres posiblemente se dedicaron a seguir buscando claves secretas, encontrándolas desperdigadas y superpuestas no solamente en el país galo, sino en otros lugares de la región mediterránea.*

—*Así, en los polvosos estantes de la Biblioteca Real de Indias de Sevilla hallaron "**Las Sergas de Esplandián**", un libro clásico de caballería, que vendría a ser una especie de continuación del "Amadís de Gaula", donde se menciona a una isla habitada por hermosas amazonas, comandadas por la reina Calafia y en cuyo dominio todo resplandecía de oro...*

—*Por último descubrieron el "**Califerne**", un confuso texto de origen africano, deshojado por el descuido de las eras y que explicaba el significado del sustantivo California; diciendo sin rodeos y de una manera simple y rotunda, que era una especie de "horno cálido".*

—*Por cualquier razón que haya sido, dichos varones no vacilaron en dejar atrás el mundo estrecho que conocían, derivado de la Europa del Medievo (manipulado en gran parte por la Inquisición), pues estaban cansados de tantas normas y restricciones coercitivas que les hacían ver la vida como si ésta fuera una oscura cárcel o aún más, un calabozo de castigo. Todo lo anterior, además de llevar en la sangre una sed insaciable de novedades, les hizo generar el deseo de conocer nuevos e inexplorados horizontes y de tener el impulso de adentrarse, del otro lado del océano, en una suerte de "**Tierra Prometida**", que quizás ellos idealizaron imaginándosela dotada de enigmáticas riquezas... Pero para desilusión de los aventureros, al arribar a las costas del Pacífico y descubrir poco después, ciertamente con desencanto, que no existían esos preciados tesoros que habrían de imaginarse similares a los cofres de piratas y corsarios ingleses, repletos de joyas y monedas de oro, sino desolados desiertos, pétreas cordilleras, arenales y resequedad...*

—*Tal vez estimulados por el tam-tam de los indios a la hora de efectuar sus rituales, independientemente de que fueran: cucapahs, kumiáis, paipáis, kiliwas, akulas, pericúes, cahíllas, guaycuras o cochimíes, resistiéndose a aceptar esa cruda realidad, se dedicaron entonces a develar los misterios de la región; y haciendo caso omiso a los peligros de la flora y la fauna, sobre todo a las mordeduras de la víbora de cascabel y a los aguijones de los mosquitos transmisores de la fiebre amarilla, incluso hasta al veneno que inyecta la cola del escorpión junto al de la picadura de la araña viuda negra, se introdujeron en el profundo vientre de la serranía, donde finalmente encontraron unas cuevas excavadas en las rocas...*

En la matriz reluciente
del desierto y la montaña
la sed aprieta con fuerza
resecando la garganta.
El sol horada la frente
y deslumbra la mirada...
Parece rezar un cactus
pero no, es el viento que habla
y en una lucha se enfrentan
un escorpión y una araña...

—*Te causará asombro conocer sus actitudes desafiantes y temerarias al penetrar en los confines de lo que constituye en Baja California la columna vertebral de la península* —continúa diciendo mi acompañante—: *así fueran las Sierras de Juárez, de San Pedro Mártir, de San Francisco o de La Giganta; incluso algunos de ellos murieron víctimas de las enfermedades producidas por el calor, de las reacciones alérgicas que les provocaba el contacto con las ortigas, del ataque de los animales feroces —como el puma o el gato montés— o hasta de las emboscadas de los aborígenes celosos de su patrimonio cultural. No obstante a encontrar tantos obstáculos, los que perseveraron en la búsqueda, hallaron en sus grutas más inaccesibles y escondidas, la herencia artística de un pueblo eminentemente mágico, ya que pintadas en la pared de la roca, mediante tintura extraída de las semillas de la cochinilla y del polvo del carbón vegetal, lucían las figuras de personajes tribales efectuando diversas actividades cotidianas, incluyendo la caza, la pesca y la recolección de diversos productos para alimentarse —pilas de semillas, raíces o frutas silvestres—, así como los símbolos gráficos representando a los chamanes y animales totémicos en suprema alianza con personajes divinos y omnipotentes (justamente fueron impresas con sello indeleble, desafiando incluso los efectos de la erosión y el tiempo y en un orden de correspondencias metafísicas).*

Los artistas del **Neolítico**
mediante un trance chamánico
hacen tótems de obsidiana
de jade o rojo cinabrio.
Develan sus ceremonias
honran sus antepasados
y sanan a los enfermos
con sus protocolos mágicos.

–*Estas* **pinturas rupestres***, al ser enfocadas por una luz distinta, parecían girar en una danza cósmica que terminó por proyectarse –de manera irrevocable– en las pupilas de los avezados individuos.*

–*Es posible que ese contacto visual les haya provocado una verdadera conmoción, inspirándoles incluso un sentimiento de religiosidad y supremo respeto hacia lo desconocido* –culmina ella su explicación.

IV

Y crecen enredaderas
hacia arriba y hacia abajo
*uniendo al dios **Quetzalcóatl***
*y al **Cristo** con su sudario…*
¿Qué corriente es la que intenta
conjugar polos contrarios
la luna, el sol, las estrellas
los dos sexos adversarios?

Estimulada por los hallazgos arqueológicos que mi compañera acaba de desenterrar de las capas más profundas de mi memoria, porque por alguna causa misteriosa e inespecífica tengo la intuición de que yo misma estuve allí en una *vida anterior*, continúo prestando atención a los pormenores de sus clases. Hay que mencionar que en este momento estamos empezando a viajar a través de una carretera escénica, la cual, al ir bordeando la costa, no sólo nos permite disfrutar del impetuoso y magnífico paisaje marino, constituido por las interminables sinuosidades de calas y ensenadas rocosas, sino reflexionar sobre los personajes históricos que la marcaron para siempre con su sello vital… Por cierto la peculiar dama parece estar también muy contenta de mi actitud libre y abierta ante sus enseñanzas; así es que tomando nuevamente la palabra y volviendo la mirada ahora hacia el horizonte que tenemos enfrente, continúa con la narración.

—Escucha ahora los sonidos que vienen de sotavento… Visualiza las imágenes que aún palpitan en el interior de la espuma del mar… Huele el estallido del encaje de las olas… ¡Siente en la piel las vivencias de los aventureros que por primera vez desembarcaron en las costas del Pacífico!

El golpetear de un oleaje
sobre las playas de antaño
forma en la roca figuras
como cavernas y arcos.
Así también el azar
en la vida va golpeando
con sus caprichosas olas
de hallazgos inesperados…

— En las olas indómitas que revientan en los relieves costeros, sobre todo en las formaciones rocosas abruptas y afiladas que poseen algunos acantilados, como en *"**La Bufadora**",* se filtran los espejos de la historia mezclada con la leyenda: te invito a que mires con escrutinio a través del catalejo de tu imaginación, sobre todo en la superficie microscópica de las gotas de agua salada, donde si te concentras bien, verás reflejarse en ellas la gran algazara producida por el vaivén de las banderolas de los buques españoles, mezclándose con el humo de los cañonazos que emitieron los soldados capitaneados por **Juan Rodríguez Cabrillo**, al entrar por primera vez a Ensenada, repitiendo la acción al día siguiente cuando descubrirían "un puerto muy bueno y seguro", enfrente de la Isla Coronado y que significaba el arribo de los galeones ibéricos a la bahía de San Diego, ocurrido en septiembre de 1542, después de un prolongado periplo por el Mar de Cortés y el Pacífico...

Se fusionan majestuosas
la espuma, el acantilado
la debilidad y fuerza
la dulzura de lo amargo.
No tengo edad, soy instante
detenido en el espacio.
El "yo" vertido en espejos
infinitos, ignorados.

—Casi sesenta años más tarde repitieron la hazaña los navíos de **Sebastián Vizcaíno**, quien se encargaría de circunnavegar la península de la Baja California bautizando los diferentes puntos de la costa con los nombres que persisten hasta la fecha; sea: "La Paz", la "Isla de Cedros", "Ensenada de Todos Santos" o "San Diego de Alcalá"…

En medio de una tormenta
surgen atroces presagios
las palmeras y las olas

121

anuncian algún naufragio.
En el fragor de los vientos
hay culebras de relámpagos:
El mar respira en mi cuerpo
y lo hunde como a un barco…

—Incluso pueden escucharse aún los retumbos de los cascos de sus caballos al adentrarse en tierra firme, el repicar de las campanas de sus misiones, así fueran de jesuitas, dominicos o franciscanos, y los gritos de entusiasmo de los marineros y pescadores al observar en las bahías y ensenadas del litoral Pacífico, como la laguna "Ojo de Liebre", la de "San Ignacio" o la de "San Carlos", o en las rocosas islas del Mar de Cortés, que incluyen "La Tortuga", la de "San Marcos", la del "Carmen" o la del "Espíritu Santo", el jolgorio inusitado de las focas y lobos marinos dándose chapuzones y subiéndose luego a secar su pelambre a las rocas, el gorjeo de ese universo de gaviotas, pájaros bobo, pelícanos y cormoranes no sólo empollando celosamente sus huevos, sino volando sobre la superficie turquesa de ese oasis marino, con la consigna de atrapar, para alimentar a sus crías, innumerables peces y crustáceos...

*—Hasta la graciosa y aerodinámica danza de los delfines, (esos inteligentes mamíferos que pudieran ser supervivientes de alguno de esos continentes perdidos, llámense la **Atlántida**, **Lemuria** o **Mu**), así como los imponentes coletazos de los gigantescos cetáceos emparentados con los relatos de Moby Dick, me refiero a las ballenas, sin importar que sean grises o azules, dándose el tan esperado abrazo nupcial, quedaron impresos para siempre en sus retinas, haciendo que valiera la pena la arriesgada aventura* —termina de explicarme la enigmática señora, emitiendo asimismo una profunda exhalación.

V

Desciendo en una escalera
tapizada de mosaicos
con íconos religiosos
el pan y el vino sagrados…
Un sacerdote sin rostro
con su sotana flotando
*dice: "**Dominus obispum**"*
y me absuelve del pecado…

Y en el momento en que realizo una profunda inspiración, me pasa volando como una ráfaga de aire fresco, la idea de que detrás de los desnudos cerros que ahora estoy enfocando, pervivirá el fantasma de **Junípero Serra**, el temerario líder de la colonización de California…

— *¿Quieres que te explique su historia?* —Me pregunta mi instructora solícitamente, al ver que en mi rostro se dibuja una gran interrogación— *Verás: Su verdadero nombre era **Miquel Josep Serra i Ferrer**; insinuándose a nuestros oídos, a través de sus abruptas y aserradas terminaciones, su origen catalán, un idioma que habitualmente se habla en la Costa Dorada del Mediterráneo, que incluye Cataluña, gran parte de la Comunidad Valenciana y el grupo insular de las Baleares; del que Mallorca, como su nombre lo indica, constituye la isla mayor. Pues bien, nuestro personaje fue oriundo de Petra, un olvidado pueblecillo de la sierra mallorquina que curiosamente, su accidentada geografía tiene una curiosa semejanza con la de estas tierras.*

— ¿Estará todavía por estas latitudes realizando alguna encomienda del espíritu? — Le pregunto a mi interlocutora —como flotando yo misma en una nube *marrón* y *plata*…

De inmediato y hasta casi a propósito, ella se queda callada, dejando así que otra voz me conteste:

– *¡Claro que estoy aquí!* – escucho entonces el eco de un sonido cavernoso que ha llegado hasta mis oídos, como arrastrado por el ulular del viento:

> *Cobra vida este difunto*
> *y como antaño me habla*
> *se mueve en un paisaje*
> *pintado de marrón-plata.*
> *Atraviesa las paredes*
> *pone su mano en mi espalda*
> *y me llama la atención*
> *al ver que soy desconfiada…*

Llena de perplejidad (pues al igual que **Santo Tomás**, no creo lo que mis ojos me están mostrando ahora), tengo que frotarme bien los párpados para poder distinguir la silueta del *fraile*, que a los pocos segundos se me aparece, *rodeado de un aura plateada y vestido con el hábito marrón de la orden franciscana.* ¡Ni más ni menos que el sacerdote mallorquín en persona!

Tal fantasmagórico individuo, luciendo orgullosamente una perfecta tonsura en su cráneo (estigma o impronta de **San Francisco de Asís**, según como se le quiera ver), lleva en sus manos un pequeño libro de oraciones y un rosario de ónix cuyas cuentas juguetea nerviosamente.

Antes de inquirir a mi mentora sobre el por qué me está mostrando esa actitud tan extraña, me surge a mí una duda atroz: ¿Podrá ser a causa de una confusa emoción?

De pronto, cuando menos lo espero, le descubro en su rostro el ceño fruncido, lo que yo torpemente interpreto como una hostilidad hacia mí, pensando que está enfadado conmigo por manifestarle en forma espontánea mi escepticismo, lo cual no está por demás decir estuviera enmascarando – ¡Otra vez de nuevo! – una tormenta huracanada de emociones de las que sobresalen la inseguridad, la angustia y el miedo a lo desconocido. Lo anterior hace que momentáneamente disminuya mi fe en el avenir… Pensándolo bien, lo que me está ocurriendo podría no ser tan grave, sino únicamente un síntoma de fatiga extrema.

> *Sumergida en mi cansancio:*
> *Le pregunto al sacerdote:*
> *¿El **pecado** existe acaso?*
> *Hay infinidad de formas*
> *de reaccionar del humano…*
> *Cuando la tensión es grande*
> *más se equivocan los pasos*
> *descendiendo a la negrura*
> *de los instintos arcaicos.*

Estoy pensando que mi imprudencia le interrumpió de un tajo su sueño eterno y eso podría haber sido la *gota de agua* que vino a desencadenar su enojo. Afortunadamente tomo conciencia de lo anterior y de inmediato le expreso mis más humildes disculpas; ante ello el vicario franciscano da la impresión de recapitular, de tal modo que al fin modifica su actitud hacia mí.

Poco después de haberse efectuado la reconciliación de nuestras almas, al ver el interés que tengo de conocer el itinerario de sus aventuras, suaviza su gesto austero y hasta gruñón, incluso jalándome en forma inesperada hacia un globo terráqueo, que justamente mi "*hada madrina*" tuvo el acierto de colocar cerca, para señalarme con su índice derecho, dentro de la geografía del viejo continente, la silueta de otra península: Se trata ni más ni menos que la que representa al "*País de la Piel de Toro*", su punto de partida del viaje que habría de realizar, hace alrededor de doscientos cincuenta años, trepado en un galeón que llevaba en la proa la silueta de una sirena, y en el que después de sortear las traicioneras corrientes del *Atlántico*, arribara una tibia mañana de invierno a las enigmáticas y exhuberantes costas de la *Nueva España*, amarrando sus cuerdas en los muelles de la "*Villa Rica de la Veracruz*" (no hay que olvidar decir que durante la travesía, los tripulantes de la nave fueron golpeados, tanto por tormentas psicológicas, como por vientos huracanados y hasta ciclónicos).

> *El mar estaba colérico*
> *con sus olas como rizos*
> *a lo lejos se veía*
> *la boca de un remolino*
> *y el cielo, manto de luto*
> *con nubarrones malignos*
> *mostraba una pesadilla*
> *de espectrales tintes índigos.*

Siguiendo con la trama de su viaje, una vez que el barco hubo atracado en las dársenas del puerto jarocho, lo primero que hizo al desembarcar y plantarse en tierra firme –en palabras emergidas de sus propios labios– fue agradecer a Dios su feliz arribo al **Nuevo Mundo**. Asimismo, tras desempacar los baúles con sus libros y demás pertenencias religiosas, emprendió casi de inmediato una rudimentaria marcha hacia el interior del desconocido país americano. Me parece que a diferencia de los otros viajantes que montaban unas bestias de carga, él llevó a cabo su recorrido a pie en actitud de humildad y penitencia; sobra mencionar que eso a la postre le provocó una dolorosa cojera que tendría que llevar consigo por el resto de sus días.

Empero, cuando ascendió a las vastas tierras del altiplano, el malestar agudo y lancinante de su pierna enferma repentinamente se eclipsó al darle la bienvenida la belleza nevada de los eternos soberanos aztecas: me refiero a los volcanes **Popocatépetl** e **Iztaccíhuatl**, custodiando eternamente la meseta de **Anáhuac**.

Fue tanta la belleza paisajística que encontró a su llegada, que no puedo evitar suspirar con profunda nostalgia, pues yo también:

Cómo quisiera alcanzar
esos volcanes prohibidos
titanes de blancas alas
y suavidades de lirio…
Cómo quisiera llegar
a esas cumbres y esos riscos
donde el tiempo se detiene
en la cúspide del frío…

Asimismo, a través de su peculiar historia –la que por cierto tiene la función colateral de ayudar a disolver algunos de mis nudos emocionales –, es tanto su entusiasmo cuando habla, que inevitablemente me lo contagia, sobre todo al recordar el alborozado gorjeo de las aves que en esa ocasión inundaron de euforia sus tímpanos, ya fueran patos, gansos, garzas o cenzontles, especímenes que encontró en los márgenes del *lago de **Texcoco***, cuyo ambiente lacustre todavía mostraba sus canales navegables con *chinampas floridas* e islotes salpicados de sembradíos multicolores:

El horizonte brillaba
con surcos desvanecidos
y las aves se movían
con plumajes diamantinos…
Se borraron las penurias
los ayes y los gemidos
como si fuesen fantasmas
que flotan en el delirio…

Al establecerse en la capital novohispana, lo primero que hizo fue obedecer las órdenes de sus superiores del convento de *San Francisco*, quienes se apresuraron a enviarlo a evangelizar a los indios *"pames"*, que por ese entonces merodeaban el convento de *"Santiago Xalpan"* en *Querétaro*. En tal misión habría de permanecer por muchos años, enseñándoles a los aborígenes no sólo las destrezas técnicas de la agricultura o la albañilería, sino el alfabeto del castellano, con la firme intención de que algún día aprendieran a leer la *Biblia* y entendieran fácilmente *el mensaje de Dios…*

Sorpresivamente me percato de que (posiblemente al notar el mórbido estado psicológico en el que todavía me encuentro) el prelado quiere ayudarme a disolver algunas marañas brotadas de mi incredulidad, lo cual significa, que al igual que a los indios, a mí también me va a evangelizar… Entonces, sin preguntármelo siquiera, abre el librito que trae en sus manos y me empieza a leer la oración de *San Francisco*:

¡Oh! Señor: Haz de mí el instrumento de tu paz.
*Que donde haya odio, pueda sembrar **amor**.*
*Que donde esté una ofensa, fulgure algún **perdón**.*
*Que la misma discordia, se disuelva en **unión**.*
*La duda más acérrima, sea transformada en **fe**.*
*Y el más craso error se convierta en **verdad**.*
*La desesperación se torne en **esperanza**.*
*La tristeza se aleje y vuelva la **alegría**.*
*Las tinieblas más densas, puedan trocarse en **luz**.*
*Que no desee ser consolado, sino **consolar**.*
*Ni tampoco ser comprendido, sino **comprender**.*
*No desear ser amado, sino saber **amar**.*
*Porque **dando** es como se recibe, **perdonando** a los demás es*
*   como uno se perdona. Y **muriendo** a los deseos insanos es*
*la manera en que se **resucita** en la vida eterna.*

Amén.

VI

Tradiciones seculares
en murmullos van pasando...
El fantasmal sacerdote
me jala hacia su habitáculo
me aconseja ser sumisa
y devota de los santos
que reprima las pasiones
y que tenga deseos castos...

Pero tal parece que su destino no habría de ser el permanecer para siempre evangelizando y oficiando misas en esos paisajes exóticos de la *Sierra Gorda de Querétaro* —me continúa explicando **Fray Junípero Serra**—, así es que una madrugada de verano, tras despedirse de sus compañeros de oración, enfiló a lomo de mula al noroeste, con rumbo al puerto de *San Blas*, en el actual estado de *Nayarit;* donde, al arribar a sus muelles y después de haber pasado una noche sin dormir, se encaramó en un bergantín que formaba parte de una flotilla de aventureros, ávidos de fortuna y de emociones insólitas. Luego de cierto tiempo de navegar a través del *mar de Cortés*, acabó desembarcando frente a las costas de la *misión de Loreto*, considerada en ese entonces la *capital de todas las Californias...* En ese momento pienso que yo también:

Quisiera poder surcar
los mares como un delfín
sin hacer caso del tiempo:
verdugo con berbiquí.
Y quisiera saborear
las uvas del porvenir

que tan verdes y jugosas
se miran lejos de mí...

A partir de ese enclave, tendría que atravesar otros pasos de cordilleras bajacalifornianas: trátese de los altos *divisaderos* de *La Giganta*, hasta los *peñones* de *San Pedro Mártir*; exponiéndose también a desbarrancarse en las empinadas cumbres de *La Rumorosa*. Pero el fraile —como él mismo no cesa de contar— con la mirada puesta en el avenir, acompañado de un séquito de soldados ibéricos y sobre todo con el firme propósito de difundir a los indios la religión cristiana, llevando su sagrada meta a cuestas, viajó hasta la *Alta California*, en donde fue plantando por toda la región —con azadón en manos y paciencia infinita—, un semillero de misiones, comenzando por la de *San Diego de Alcalá*.

Allí mismo, sin dejar de sudar copiosamente, labraría los surcos para sembrar, con absoluta resolución, a la par que "*El Padre Nuestro*" y "*La Oración de San Francisco*", numerosas plantaciones de dátiles, olivares y viñedos, que a semejanza de la *Madre Patria*, transformarían a la postre ese tatemado desierto en un codiciado **vergel**.

VII

Y cuando pienso en la palabra "*vergel*", en forma inesperada volteo la cabeza hacia mis espaldas y es cuando alcanzo a descubrir, hacia la lejanía, la esplendorosa belleza de los vastos sembradíos vitivinícolas del *Valle de Guadalupe* –situados entre las poblaciones de *Tecate* y *Ensenada*– cuyos surcos, pródigos en esta época de año, relumbran como *esmeraldas* y *amatistas*. Mi alma manifiesta entonces, el inesperado impulso de regresar hasta el umbral del latifundio decimonónico donde anteriormente me acogieran sus fantasmas tan bien.

Una vez que he tomado la decisión de reingresar en sus terrenos, estimulada en cierta forma por mi "*hada madrina*", posiblemente para despejar una incógnita que "*aquí y ahora*" me está martilleando el cerebro, camino con firmeza y decisión a través de un sendero empedrado bordeado de alisos y sauces, hasta plantarme frente al portón del rancho ganadero, encubierto parcialmente por enredaderas y matas de buganvilias, teniendo en un momento dado hasta que agacharme para poder pasar a través del florido túnel.

Precisamente junto a su dintel, uno de los empleados, que parece estar haciendo guardia (ya que luce muy erguido con un uniforme de soldado del ejército, inclusive está armado) de ningún modo me recibe con beneplácito o mucho menos con buena educación, sino con una actitud prepotente e intimidatoria, me parece que hasta dándose ínfulas de superioridad, ya que cuando menos lo espero –tocándose la culata de su rifle–, se atreve a amonestarme con su voz airada y hasta vulgar:

*–¡Oye mujer! Te has metido en propiedad privada, no tienes ningún derecho a estar en este sitio, pues el lugar pertenece a la honorable familia de "**Don Santiago Argüello**". Quiero que te metas en la cabeza que como lo que acabas de hacer es muy malo, si no te sales de inmediato de estos terrenos, tendré que ponerte las esposas y encerrarte en la cárcel de mi patrón. Para que lo sepas bien, él fue un valiente militar en la guerra de la Independencia Mexicana. Por tal motivo el gobernador de California, Don José María Echendía, en actitud de recompensa, además de otorgarle esta enorme propiedad que parece extenderse hasta el infinito, lo nombró capitán y director de un tenebroso presidio: ése que estás viendo más allá, detrás de la cerca de alambre con púas que está a tus espaldas*

—me la señala con su dedo—, *ahí es donde se castigan a todos los individuos que son como tú, cuyo delito principal es no someterse a la "ley de **Herodes**", o lo que es lo mismo, a "la ley del más fuerte", que es la que impera por estos rumbos.*

Pero sus palabras no me intimidan en absoluto, pues tal nombre y apellido no significa nada para mí. Lo que me importa es lo que tengo ante mis ojos y que viene a ser un *letrero de madera* clavado en lo más alto de la verja del rancho: tiene forma cuadrada y en él están labradas unas letras de molde, las cuales, como si estuvieran escritas en sánscrito o en chino, en un principio me cuestan mucho trabajo descifrar.

Hurgo en propiedad extraña
y me aprisiona una cerca
quiero saltar como liebre
para poder trascenderla.
Pero es de hierro, de púas
de racismo y de inclemencia.
Ignoro si está en mi mente
si es paranoia o defensa
o podría ser la frontera
con shocks de corriente eléctrica…

Aconsejada por mi "*hada madrina*" —quien ahora ejerce la función de profesora de clase elemental—, cierro entonces los ojos visualizando cómo los signos gráficos que acabo de capturar se mueven ágilmente, incluso dan la impresión de que estuvieran bailando (en realidad no sé exactamente si es un vals, una polka o una rapsodia húngara), el caso es que tomando un fuerte impulso, se arriesgan a saltar con temeridad (con una maniobra parecida a la de los trapecistas en los circos) y al fin trascienden, ya no la frontera internacional, sino las diversas *capas de cebolla* que envuelven a mi confusa memoria…

Poco a poco las letras se aclaran, se convierten en sílabas y al fin se detienen en una zona cercana, que viene a ser precisamente, el *área de lenguaje de mi corteza cerebral.*

Sin embargo, aún tengo que realizar un esfuerzo más, ya que superponiéndose al letrero de tablas, salta de súbito un pequeño reptil: es un animalito rosado, muy parecido a una lagartija, que más rápido de lo que canta un gallo se transforma en una *iguana*, quien aparece *vivita* y *coleando* en mi campo visual…

¿Iguana? ¡No puede ser!… Intuyo que esos curiosos caracteres deben tener otro significado… De algún modo tengo que volver a concentrarme en el punto de luz inicial… Emergen entonces al primer plano de mi conciencia las saltarinas letras; pero ahora sí expresan totalmente su naturaleza: están escritas en castellano; dicen: *Ti-a Juana… ¿Tía Juana?* ¡Sí! ¡Sí! *¡Tía Juana!*

De pronto, la imagen de una viejecita encorvada brota de algún profundo doblez de mi circuito mnémico (ese escondido **hipocampo** que tenemos plegado como un acordeón todos los seres humanos, en una suerte de *código akáshico*): es una señora mayor, de blanca cabellera y recio carácter, quien después de tirarles puños de maíz a las gallinas y a los pollos que picotean la tierra en los corrales, ella misma se agacha a recoger los huevos acabados de poner.

Me llama la atención su vestuario a la usanza de los primeros colonos de la región: falda larga de amplios vuelos festoneada con espiguillas, blusa de cuello alto adornada con un camafeo y cubierta con un mantón de Manila.

Tarareando alguna aria de ópera (me parece que es "*La Habanera*" seguida por "*El Toreador*" de la famosa "***Carmen***" de ***Bizet***), se dirige directamente a cocina del rancho, cargando en su delantal los blanquillos que acaba de recolectar. Allí elaborará, una y otra vez, con la paciencia que la caracteriza, posiblemente auspiciada por el influjo de la luna llena (que a esa hora luce en el cielo como un disco de plata, y que curiosamente descubro reflejándose en las pupilas de la anciana), un guisado especial, acompañado de aceite de olivo y traído a la región por sus ancestros ibéricos, sobre todo los vascos: estoy hablando de la suculenta *tortilla de patatas*…

– *¿Tenéis hambre?* –Nos dice la *Tía Juana*– volteando momentáneamente su rostro hacia nosotras (ya que ella es capaz de visualizarnos a mi compañera y a mí), como si adivinara lo que se está fraguando en el interior de nuestros estómagos, que a estas alturas ya nos empieza a rugir…

–*Si deseáis aprender la receta, sólo fijaos bien en mis movimientos, pues son dos los ingredientes que necesariamente habrán de unirse en la sartén circular que tengo en el bracero.* –Arreglándose entonces sus anteojos, agrega– *¡Ah! Pero prestad mucha atención: el guiso no es tan fácil como vos lo estáis imaginando, incluso a muchas cocineras se les quema por no saber que contiene un secreto singular: acercaos a la lumbre y poned el oído atento: En verdad os digo que debe cocinarse a fuego bajo y hay que saber voltearla a tiempo…*

– *¡Oye!* –me dice mi fantástica instructora que siempre está comunicándose telepáticamente conmigo, sobre todo cada vez que presiente que tengo dificultades en proseguir a través del enigmático laberinto de mi memoria, haciéndose evidente entonces mi indecisión y mis flaquezas…

– ¿Por qué me interrumpes? –le contesto enfadada, pues en ese momento me surge el interés de conocer la verdadera edad de la *Tía Juana*…

> *Escucho hablar a una anciana*
> *con mucha experiencia encima*
> *me enseña a mover cazuelas*
> *con paciencia y con sonrisas.*
> *Luego capto su resuello*
> *y su corazón se agita*

> *y en un eclipse lunar*
> *se despide y agoniza...*

— ¡*Oh!* ¡*Querida! No permitas que se te vuelvan a desconectar los cables de tu pensamiento* —me expresa la mencionada dama, como si le estuviera hablando a un pequeño párvulo o hasta a una deficiente mental—... *Esta señora que acabas de ver y que hasta su voz has escuchado, es sólo un símbolo, una abstracción, una entelequia que tu mente fabricó por puro gusto o quizás por el impulsivo deseo de retozar con sílabas nuevas, mismas que tienden a formar neologismos... Pero como no estás sola, sino que me tienes a mí para evitar que te extravíes, te voy a explicar las cosas desde un punto de vista matemático. Eso que descubriste en tu mente no es personaje de carne y hueso, sino una ecuación de dos palabras, que como todo lo que nace, crece y se desarrolla en esta vida y en la otra, dio por resultado un único nombre: te lo voy a escribir de una vez por todas en un pizarrón:*

$$x \quad + \quad y \quad =xy$$
$$T\acute{i}a \quad + Juana = \quad \textbf{Tijuana}$$

— ¿*Ves que sencillo es aprender? El vocablo no significa otra cosa que el apelativo de la ciudad en la que te encuentras, quien se levantó exactamente hace ya más de cien años en los mismos terrenos del rancho que recientemente acabas de visitar.*

No obstante, pese al continuo esfuerzo que mi "*hada madrina*" no cesa de efectuar, reiterándome los conceptos para que así grabe más fácilmente sus enseñanzas, yo me sigo distrayendo a consecuencia de los "*flashazos*" que mi atolondrada memoria continúa enviándome quién sabe desde dónde (podría ser que desde algún rincón polvoso de mi infancia):

> *Excursiones infantiles*
> *hacen rondas, van cantando*
> *en el girar de un tiovivo*
> *con panderos en la mano.*
> *Sonrientes rostros de niños*
> *se diluyen al mirarlos*
> *como la sal al hundirse*
> *en las aguas del océano...*

Y aunque mi instructora me acaba de proporcionar una explicación precisa, ella no queda del todo satisfecha, tal vez porque desde siempre ha conocido a fondo mis limitaciones y bloqueos para el aprendizaje (reconozco que no sé colocar adecuadamente en los cajones de mi *memoria de fijación*, las ideas y percepciones recibidas); así, decidida a no fallar por ningún motivo, emplea una estrategia aún más elemental, la que inevitablemente me hace evocar a la que utilizan los maestros del kínder cuando se dirigen a sus alumnos más retrasados:

—*Voy a darte un truco mnemotécnico para que no te olvides de la fecha en que fueron proyectadas en un plano sus primeras calles y manzanas, naciendo de este modo al mundo la metrópolis en la que ahora estás viviendo. Dicho convenio, que justamente sería sellado de manera irrevocable por el juez de Primera Instancia del municipio de Ensenada: ocurrió cien años después de la "**Revolución Francesa**" y en el mismo periodo en que se inaugurara en París la controvertida e individualísima **Torre Eiffel**: en el mes de **julio de 1889**.*

QUINTA PARTE

I

¿Torre Eiffel? ¿Julio de 1889? Las últimas palabras se me quedan vibrando varias veces en la superficie de mis tímpanos, como si quisieran abrir otra puerta que desde hace mucho tiempo ha permanecido cerrada para mí. Siento que los sonidos me dan vuelta en el interior de mi cráneo, al principio como si el movimiento fuera análogo al de un carrusel, después, a la manera de un molinillo de rezos tibetanos, pero posteriormente, al ser cada vez más rápido, como si fuera el de una máquina centrífuga de un laboratorio astronáutico, al grado tal que su zumbido me obliga a cerrar los ojos y apoyarme en los brazos de mi amiga para no caer.

– ¿Qué me está sucediendo? ¡Ayúdame por favor! –le expreso.

– *Recuerda que debes emplear todas tus facultades en mantener el control de tu mente* –me aconseja de inmediato–, *concéntrate ahora en tus respiración, siente ahora la columna de aire que entra y sale por tus pulmones… Una vez más, aspira profundo, haciendo que tus miedos se alejen por completo de ti, de modo que al ir limpiando tu mente de cualquier brizna de inquietud o zozobra, empieces a disfrutar plenamente de tus sensaciones; piensa que a través del aire que absorbes te estás nutriendo de todas las energías que el universo posee…*

Ahora voy a empezar a contar con lentitud, como si yo misma formara parte de los engranes de la máquina del tiempo ¡Prepárate!…doce…once…diez…nueve…ocho…. ¡Súbete a la escalera de esta nave espacial! Relaja los músculos de tu mandíbula, permite que la magia de las fuerzas cósmicas liberen la tensión que mantienes cautiva en tu cuello y en tu espalda; disfruta de esta hermosa experiencia y déjate llevar por la melodía que ahora mismo te cantaré en mi idioma natal:

> *Le ciel bleu sur nous peut s'effondrer*
> *et la terre peut bien s'écrouler*
> *peu m'emporte si tu m'aimes.*
> *Je me fous du monde entier.*
> *Tant que l'amour inondera mes matins*

tant que mon corps frémira sous tes mains
peu m'emportent les problèmes
mon amour, puisque tu m'aimes…

Antes de darme cuenta de que me ha cantado **"L'hymne à l'Amour"** tengo que tomar una vez más aire para poder salir de su emotivo trance; pues ese imponente y desgarrador homenaje que le hiciera a su amado hace ya tanto tiempo, cuando partió para siempre de sus brazos, haciendo que su dolor se irguiese como un obelisco inmortal, me llena de sagrado respeto; pues sin ningún miedo a nada, ni siquiera a las catástrofes del cielo o de la tierra, ni tampoco a los problemas que se le presentaron después, ella siguió adelante, ya que a través de su amor compartido tuvo la intuición de que en el lugar donde estuviera en el *otro mundo*, su *alma gemela* la amaría por toda la eternidad…

Inesperadamente, al abrir una vez más los ojos, se me revela un panorama citadino de verdes y peinados prados, cuyos arriates guardan diseños artísticos en los arbustos y en las flores. Allí es posible respirar un aire más puro que en otra parte, debido a la presencia de hileras de frondosos castaños, los cuales, debido a que sus jardineros les otorgan un cuidado profesional, guardan entre sí las mismas proporciones geométricas… Por cierto, de ese pródigo follaje se desprenden y llegan hasta mis oídos los insinuantes y coloridos trinos de muchos pájaros…

¡Vaya! Estamos ahora nada menos que en el *"Campo de Marte"*, en *París*, la fastuosa capital de *Francia*, exactamente en la explanada emergida de los sueños de *Napoleón Bonaparte* a principios del siglo XIX: quien viene a ser un jardín de perfecta simetría que crece en la ribera izquierda del *río Sena*, en la vecindad del *Trocadéro* y de la *Escuela Militar*, a nivel del séptimo distrito. Un sitio escogido por los artistas e intelectuales para remanso del espíritu.

Desde aquí puede escucharse el perenne susurro de las aguas fluviales mezclado con la algarabía que producen las barcazas y los *"bateaux-mouches"*, específicamente cuando pasan bajo sus singulares puentes de piedra, algunos provenientes de la época de *Luis XIII*…

Es posible que no sólo se capten estas señales, sino hasta los suspiros fantasmales del propio *Napoleón*, cuando al escudriñar en uno de los pilares del puente de *"Iena"*, descubriese la *"N"* dorada de su nombre…

Tarrám-ta-tán… tarrám-ta-tán… El ritmo acompasado de trombones, tambores y trompetas anunciando el paso de una bandera azul, blanca y roja hacen que me voltee y descubra al instante a un pelotón de jóvenes soldados que acaba de salir del soberbio edificio neoclásico de la Escuela Militar. Marchan con gallardía a través de la muchedumbre que se ha congregado en ese parque, al parecer con motivo de una celebración especial. Asimismo pueden verse a los gallardos caballeros paseando con levitas y sombreros de copa, así como a las damas de la alta sociedad europea, quienes han escogido vestirse con sus mejores galas, ya que la solemnidad de la ocasión lo amerita. Por aquí y por allá aparecen —como si mágicamente emergieran de uno de esos cuadros impresionistas de **Renoir**— las faldas largas y ampulosas moviéndose y haciendo constantemente fru-frú, esas siluetas femeninas afinadas, tanto por el pincel del *Arte* como por el rígido ensamble del corsé, adornadas con parasoles de seda, con guantes de encajes de Bruselas así como con sombreros de plumas de pavo real... Entre ellos pueden verse fugazmente a los niños, que en traje de "*marineritos*" o con grandes moños de colores, juegan con sus cometas de papel de China, sus bicicletas o sus coloridos globos de gas...

    — ¿Qué es lo que está sucediendo en este lugar? — Llena de asombro, le pregunto entonces a mi "*hada madrina*".

    — *Es preciso que ajustes bien tus oídos* —me dice. — *Acércate a la gente y presta atención a sus conversaciones, pues es la única manera de que te enteres de lo que ocurre "aquí y ahora"*...

II

Afinando bien mis antenas acústicas, le escucho a alguien mencionar que precisamente el *día de hoy* —*14 de julio de 1889*—será la inauguración de una torre de armazón de hierro de casi trescientos metros de altura, que ha creado —no sólo los planos, sino dirigiendo personalmente la construcción —*Alexandre-Gustave Eiffel*, un talentoso y audaz ingeniero francés, después de ganar un concurso en el que hubo de enfrentarse a numerosos opositores; se trata del mismo personaje que había diseñado con anterioridad algunos puentes e iglesias en otras ciudades de Francia y el resto de Europa, así como la armazón metálica de la *"Estatua de la Libertad"*, la famosísima escultura, regalo de Francia a los Estados Unidos. (Tal creación, al ser colocada a la entrada de la bahía de *Nueva York*, habrá de fungir como ícono de liberación, sobre todo para los inmigrantes europeos, quienes al arribar a América llenos de alborozo, van a manifestar hacia ella *un inesperado amor a primera vista*, a pesar del anuncio de una *cuarentena obligada* por parte de las autoridades aduanales, ya que para tener derecho a poner los pies en tierra firme han pasar antes una temporada encerrados en la vecina isla de Ellis).

Una vez que me encuentro más ambientada y hasta acepto con naturalidad el barullo que hace la gente en el *"Campo de Marte"*, con el acento gutural de una *"r"* típicamente francesa, capto por ahí un comentario alusivo a la fastuosa construcción: alguien dice que el secreto de la torre radica en que a pesar de haber sido construida con varillas de hierro, no produce ninguna sensación de rigidez, sino todo lo contrario: es una silueta flexible y elástica, que brinda a los espectadores una figura de *clásica elegancia etérea*.

> *La Torre Eiffel a lo lejos*
> *se yergue en un cielo claro.*
> *El Sena me habla en secreto*
> *de sus amores pasados.*
> *Escalones infinitos*

alcanzan abril y mayo
y un clochard aventurero
lee las líneas de mi mano.

– No te olvides que la estructura que estás mirando ahora es el edificio más alto del mundo– me dice mi amiga y mentora, quien está atenta como siempre a las minucias que yo no alcanzo a captar.

Ahora mismo ella está leyendo en unos letreros de "*Art Nouveau*" las mercancías que ofrecen las diferentes secciones de la tan esperada *Exposición Universal de 1889.*

– *Aquí se encuentra lo más representativo de la ciencia y el arte de la época de Napoleón III y el Barón de Haussman, y sus refinadas construcciones, así sean de diseño clásico, romántico o rococó, situadas junto al río Sena, exponen material de diversos países que incluyen los cinco continentes* –me explica ella con su consabida paciencia, al tiempo que emite una sonrisa de gozo:

– *¡Qué de objetos exóticos pueden encontrarse en los diferentes pabellones que participan en la Exposición! Van y vienen los bibelots de porcelana, los kimonos de seda, las esculturas de marfil de Tailandia, las máscaras africanas, los carteles de inspiración oriental –con mandarines, geishas, dragones y samuráis–, los saris hindúes, las túnicas y turbantes de los tuaregs que transitan por el Sahara, así sean de Túnez, Marruecos o Argelia, los azulejos y gobelinos de Samarcanda, los objetos folklóricos de los bazares extraídos de los otros enclaves de "**La Ruta de la Seda**", como Uzbekistán, Kazajstán, Azerbaidzhán o Kirguizia, las sillas de montar de Mongolia, las danzarinas javanesas, los penachos aztecas, las estatuillas de oro de los incas, las esculturas de los "inuits" realizadas en colmillos de morsa… ¡Bueno! Hasta las troikas rusas y la chistera de la pelota vasca, por decir sólo algunos…*

– *Y si no te bastan tantas novedades, ahí tienes las joyas literarias que se venden en los estantes de los "bouquinistes" acomodadas sin ninguna discriminación: De entre cientos sobresalen "Los Miserables" y "**Notre-Dame** de París" de Víctor Hugo: "El Conde de Montecristo" y "La Dama de las Camelias", de Alexandre Dumas (padre e hijo respectivamente); "De La Tierra a la Luna" , "La Vuelta al Mundo en Ochenta Días" y "Viaje al Centro de la Tierra", de Jules Verne; "Las Flores del Mal" y "Paraísos Artificiales" de Charles Baudelaire, "Las Iluminaciones" de Arthur Rimbaud y "La Bonne Chanson" de Paul Verlaine; el compendio de poemas "Azul" de Rubén Darío y hasta el didáctico libro "La Edad de Oro", de José Martí; dicha literatura alterna con los textos científicos de Claude Bernard, Louis Pasteur y Paul Broca, entre otros autores de La Sorbona y el Instituto de Francia…*

– *Los inventos de Thomas Alva Edison levantan murmullos de sorpresa y admiración; y qué decir del vistoso y multicolor globo aerostático, donde se ve trepado a Monsieur Nadar –el activo promotor de arte impresionista– jalando las cuerdas del mecanismo que dirige el despegue.*

– *Asimismo el recientemente inventado fonógrafo no se queda atrás; de modo que al girar la manivela del aparato no es raro que surjan las notas de algún compositor de moda, llámese: Berlioz,*

Alicia Rebolledo

*Bizet, Saint-Saëns, Ravel, Debussy, Satie, Offenbach o algún otro autor importante cuyo nombre de momento no me arriba a la punta de la lengua (perdón por el olvido, porque yo también sufro de "**lapsus linguae**" y otras equivocaciones), todos representantes de esa misma vanguardia, que serán recordados en los siglos venideros. Un capítulo aparte lo constituye lo más relevante de la pintura, el teatro, así como las demás bellas artes (inspiradas desde la antigüedad, en las hijas de "**Mnemosine**", la mítica diosa griega de la Memoria)...*

    – *La Exposición Universal está conmemorando los cien años de La Revolución Francesa*– agrega finalmente *mi "hada madrina".*

    – *¡Oh la-lá*! Así es que estamos en plena efervescencia de celebraciones. Hay que abrir una botella de champaña *"Dom Perignon"* para ponerse a tono con la fiesta y pedirle a un acordeonista que interprete música de *"La Gaite Parisienne".*

III

Hay un baile en que se acoplan
los violines y el piano
con ritmos llenos de aristas
sensuales y apasionados…
Surgen los muslos ligeros
de una abertura de raso
y un acordeón generoso
se ofrece a acompañarlos.

Una vez más, escucho comentarios por aquí y por allá de la más diversa índole, pues la controvertida torre ha levantado en el *"tout-Paris"* un polvorín de polémicas, de modo que si la gente no se pone de acuerdo, los críticos van a aprovechar el momento para sembrar la semilla de la discordia entre los asistentes. Éstos últimos están divididos en dos bandos: por un lado los modernistas, los mismos que impulsan el movimiento de renovación de la capital gala, conscientes de que su ciudad ha de situarse por delante de las demás metrópolis del mundo, pero por otro están los detractores, quienes ven a la singular estructura de varillas metálicas, como si fuera una *excrecencia* de la explanada, llegándola a comparar inclusive con la monstruosa *chimenea de una fábrica*.

Independientemente de los *"pros"* y los *"contra"*, ahora mismo la insólita estructura ya es un hecho. Ha surgido contra viento y marea para plantarse cual finísima botella de perfume en el armonioso paisaje de *"La Ciudad Lux"*…

En ese preciso instante, la muchedumbre guarda silencio y se pone de pie, ya que la banda militar, que luce situada justamente en el centro del lugar, está a punto de interpretar con toda la solemnidad que la ocasión lo amerita, las elocuentes notas del himno de *Rouget de Lisle*, es decir: la famosísima *"Marsellesa"*…

143

IV

– ¡*Monsieur Eiffel*! ¡*Monsieur Eiffel*! – Le gritan a este personaje clave los periodistas, escritores y otros integrantes del mundillo bohemio europeo, tal vez con la esperanza de lograr una de esas entrevistas sensacionales que llenen la primera plana de los periódicos, como: "*L'Humanité*", "*Le Figaro*" o "*Le France Soir*", pues de la noche a la mañana el citado ingeniero se ha convertido en una de las figuras más relevantes de "*La Belle Époque*"…

Pero él pasa muy rápido entre ellos, tal vez sin escucharlos, concentrado quizás en otra de sus creaciones metálicas: se trata de algo diferente a lo que siempre ha hecho, es un lugar de oración, exhibido en uno de los espacios libres de la citada *Exposición Universal*: estoy hablando de una pequeña iglesia desarmable con la nívea imagen de *Santa Bárbara*, destinada inicialmente al Congo Belga, pero que para fines prácticos, tras una corta estancia en Bruselas, fue adquirida por "*La compagnie du Boleo*" (un negocio de los *Rothschild* enfocado a explotar ricos yacimientos de cobre, auspiciado por el régimen de *Porfirio Díaz* y por ende con sede en *México*), con la firme intención de trasladarla directamente en un barco que atravesara el Atlántico, se dirigiera a América del Sur para pasar por el estrecho de Magallanes y después ascendiera navegando por el Pacífico (sobra decir que en 1889 casi nadie sabe que en el futuro se construirá el canal de Panamá); pues la meta era alcanzar **Santa Rosalía**, *un pueblecito minero* creado por la citada empresa, situado ni más ni menos que en el corazón de la península de **Baja California**, enfrente del mar de Cortés.

Así fue como nacería un magnífico santuario de hierro moldeable, con ornamentos, vitrales, candelabros e imágenes místicas de gran valor artístico, espiritual y humano, ya que ante todo su principal función sería brindar a la casta trabajadora la esperanza y el consuelo necesarios para sobrevivir y poder enfrentarse a un sufrimiento que procedía de varias causas, no sólo las que engloban a las enfermedades profesionales de los mineros, como la *silicosis* o la provocada por los *hongos* o el *bacilo de Koch,* sino en esencia, por la explotación extrema a manos del ambicioso capitalismo extranjero…

Me pregunto si el visionario espíritu de *Eiffel* llegaría a comprender el alcance que a posteriori tendrían sus obras sobre la humanidad, tan sedienta siempre de novedosas creaciones, o si estaba satisfecho ya con poner la impronta de su nombre no sólo en *"L'Ile de France"*, sino en esos paisajes americanos tan diferentes a los europeos…

Pero volviendo la mirada a la situación actual, poco después de esquivar ingeniosamente a los molestos *"paparazzi"*, quienes no cesan de actuar como pelícanos voraces que esperan que su alimento les llegue a la boca prácticamente digerido; el ingeniero distraídamente camina entre la gente mientras va dejando una *estela de luz dorada* a su paso (la que por cierto, sólo yo puedo distinguir) para después tomar el ascensor que lo colocará en un santiamén hasta la cúspide de la torre, donde hay un momento en que se queda embelesado mirando el movimiento de las nubes, quienes muestran variadas y densas figuras en esta época del año —no hay que olvidar que es el estío— y que pasan rápidamente en dirección a **Montmartre**…

De azahar se visten las nubes
con velos nupciales albos
llenas de aromas esperan
la llegada del amado…
Iglesias y catedrales
extienden sus pechos de órganos
el esperado ya viene
está en las puertas del atrio…

Yo misma tomo aliento una vez más y siguiendo el ejemplo de las etéreas y vaporosas figuras, en un instante dirijo mi pensamiento hacia lo alto de la colina, en el sitio donde se acaban de iniciar los trabajos de construcción de un templo que será con el tiempo el magnífico y albo **"Sacré Coeur"** (la iglesia del Sagrado Corazón)… Pero por ahora todavía no existe… Es sólo un boceto que vibra transparente e inasible en la imaginación de *Paul Abadie*, el arquitecto encargado de sus planos, quien transformará este magnífico sueño, en una realidad cabal y medible, con ayuda de los trabajadores de la construcción.

V

El barrio de **Montmartre** (nombre que por cierto es una contracción de dos vocablos latinos: *Mons + Martyrum*, debido a que en lo alto de la colina fue decapitado *Saint-Denis*, quien fuera el primer obispo de la ciudad y que llegaría a ocupar un lugar preponderante en los altares de las iglesias galas), guarda una fisonomía muy propia, alejada en grado sumo a la del resto del conjunto urbano…

Con sus estrechas callejuelas, sus modestas y desconchadas casas, sus empinadas escaleras que van a dar a alguna recoleta donde se encuentra la iglesia de *Saint-Pierre* (una reminiscencia benedictina que data del siglo XII) así como sus músicos ambulantes que mueven día y noche la manivela de algún *órgano de Barbarie*; tal emplazamiento ha sabido conservar a lo largo del tiempo su singular encanto provinciano, quizás por ello también ha sido la cuna de relevantes movimientos artísticos.

Aquí se dan la mano la realidad y la leyenda, a menudo dentro de los café-conciertos, como *"Le Consulat"*, *"Le Lapin Agile"*, *"Le Chat Noir"* o *"Le Mirliton"*, donde la voz trasnochada y aguardentosa de *Aristide Bruant* interpreta alguna picardienta y alburera canción, muy del gusto de los parroquianos y las damas de la vida alegre…

Y al ir ascendiendo casi al mismo paso mi guía y yo hacia la *"Place du Tertre"*, a través de unas típicas escaleras de piedra, que en el atardecer lucen húmedas y románticas por los tilos y faroles que las bordean, no dejo de preguntar en mis adentros, si mi querida *"hada madrina"*, en alguna de sus *vidas anteriores*, llegaría a cantar, con esa potente y maravillosa voz que aún posee, en cualquiera de esos burdeles que ahora mismo estoy empezando a distinguir…

Yo creo que por eso es que conoce el barrio como la palma de su mano, incluyendo los *"ateliers"* y talleres de los artífices, de donde ciertamente está surgiendo una verdadera agitación cultural, ya que habiéndose iniciado en una sencilla exposición pictórica, organizada por un grupo de artistas jóvenes que se hacía llamar *"Société Anonyme des Artistes, Peintres, Sculpteurs, Graveurs, etc."* por sus singulares características, va a cambiar la visión del arte en los siglos venideros. Se trata —como ustedes ya lo están imaginando— del juego de pinceladas y puntitos que penetra en las pupilas y viste al alma con el más regio y atrevido vestuario de fiesta, los que ni en mis sueños más atrevidos y fantásticos hubiese alcanzado a concebir, debido al magnífico estallido de luz y de color que cada tela ofrece (un verdadero "*orgasmo*" visual). Estoy refiriéndome a una de las mayores "***revoluciones artísticas***" de la historia: ni más ni menos que *el **Impresionismo***. Vale decir que los lienzos, que incluyen óleos, acuarelas o dibujos al pastel, se expresan a base de atrevidos e infinitos matices del arco iris...

— *Sea al aire libre o dentro del estudio de cualquier pintor, las telas comulgan una singular emoción* —me explica mi maestra— *es el paisaje que no conoce límites, que parece incluso salirse del bastidor y extenderse hasta los irreales confines de las retinas de quienes lo observan...*

— *¡Qué lejos están de los protocolos de la Academia así como de las rígidas y obsoletas reglas de los conservacionistas que sólo toman en cuenta las proporciones y la medida exacta! Podría decirse que estas pinturas trascienden la realidad concreta, conectando inesperadamente el ojo del observador con las emociones más puras procedentes de su lejana infancia.*

En colorido escenario
con manchas de aceite o agua
*surgen rostros de "**poetas**"*
*y "**jugadores de cartas**".*
*Una "**Olimpia**" se desnuda*
entre piropos y danzas
*y en la "**hierba desayunan**"*
sin pudor, otras muchachas.

Aprovechando que se ha prendido en mí la chispa de interés por al novel arte impresionista, mi amiga vuelve a interrumpir mis pensamientos y me dice:

—*Te invito a penetrar en el "atelier" de* **Henri de Toulouse-Lautrec**... *Pero antes de que lo hagas quiero advertirte que hay un enorme desorden, así es que no te vayas a asustar del reguero de botellas, copas y colillas de cigarros tiradas por doquier, corolario de la pasada francachela. Tampoco te sorprendas cuando descubras su reducida talla, pues es el resultado de haber sufrido en su infancia varios eventos traumáticos que le lastimaron sus piernas, y tristemente, a pesar de que fue sometido a cruentos tratamientos médicos, éstos nunca le proporcionaron buenos resultados. Por eso es que hoy en día lo vas a ver con una figura triste y contrahecha, es decir: con los miembros inferiores desproporcionadamente cortos en relación con el resto de su cuerpo. Por favor no vayas a malinterpretar esta revelación, la cual no tiene otro objetivo que prepararte antes para que, cuando lo tengas frente a frente, no caigas en la tentación de compadecerlo, porque en compensación... ¡Ah! ¡Qué arte tan maravilloso ha logrado desarrollar!* —Agrega la dama— *Me da la impresión de que su trauma físico ha contribuido, en contra de lo que se pudiera pensar, a que haya aflorado lo mejor de sí mismo... Personalmente no dejo de admirar el atrevimiento con que juega con las líneas y el color,* *con las proporciones y la perspectiva. Además, les ha sabido imprimir a sus personajes tal profundidad psicológica, que tarde o temprano una acaba identificándose con ellos… Y luego la elasticidad con que sus figuras se mueven en los escenarios teatrales o circenses, me produce un curioso efecto de euforia, de tal modo que hasta siento ganas de brincar y hacer maromas de puro gusto.*

—No obstante, por encima de la técnica depurada e ingeniosa que utiliza, está la profunda compenetración y empatía con que cobija a las mujeres integrantes de esos sórdidos mundos, a los que suele acudir en sus frecuentes recorridos noctámbulos. Debo reconocer que este gran artista es ante todo un ser humano auténtico que está lleno de amor por la vida.

*— Por ejemplo: ¡Fíjate bien en el cuadro de "La caballista del circo"! Cómo aprovecha el segmento de la pista para brindarles a los protagonistas ligereza y agitación en el instante en que se dan la vuelta… O ese otro de "**El lecho**" en el que muestra a una pareja de amantes durmiendo, cuyos rostros muestran una placidez que raya en lo infantil, obtenida muy probablemente después de realizar un encuentro sexual pleno… Incluso el del "Salón de la rue des Moulins", donde a través de los juegos de reflejos espejantes que al mezclarse producen el rosa y azul, expresa las diversas emociones de las féminas de la vida galante, sean de alegría, tristeza, preocupación, enfado o melancolía…*

— Y es que la vida misma, es lo que intentan capturar los artistas, cada uno con su propio estilo, pues a final de cuentas las experiencias, circunstancias o eventualidades personales son como uno las quiere ver…

— Por cierto –habiéndose aproximado mi instructora sin querer a otra veta del tema vital – *quiero decirte que no sólo los estetas, sino en general todos los humanos que tienen el hábito de la reflexión, tarde o temprano se dan cuenta de que la vida les va proporcionando durante su cíclico devenir una serie de estímulos diferentes, los cuales suelen colocarse desde el principio en un especie de "tabula rasa" o "punto cero", que existe en los anaqueles de cada búsqueda particular. A partir de ese enclave se irán construyendo historias, una vez que se echa andar la maquinaria del vivir, a través de una serie de escalones que marcan los retos de la evolución, en ocasiones haciendo caso omiso del curso que se elija o de la encrucijada que se tome. De acuerdo a ello, los resultados que finalmente se obtengan dependerán de muchos factores (independientemente del propósito inicial), considerando los diferentes puntos de vista que se empleen, como podrían ser los materialistas, filosóficos, psicológicos, metafísicos o poéticos, sin olvidar los más convencionales y rutinarios…*

— Más allá del enfoque colectivo, quiero hacer hincapié ahora en el tema de la individualidad; y allí mismo mencionar, por un lado, a la capacidad que cada ser humano tiene de elegir sus propias acciones, lo que se conoce por "libre albedrío", y por otro, a lo que no depende de su voluntad ni de su control consciente, me refiero a lo que se expresa como destino, azar, Hado, poder superior (no importa los nombres que se utilicen, para el caso es lo mismo); en suma: todo eso que mueve el hilo de las circunstancias muy por encima de lo que se desea y que produce inexorablemente movimientos bruscos y giros inesperados… Ahora vamos a dejar este asunto por la paz, ya que por más que se discuta hasta el cansancio, queda siempre fuera del alcance de la comprensión racional…

*— Volviendo al tema del **Impresionismo**, que sería el peldaño inicial de esta plática* –continúa hablando mi amiga–, *a lo que he dicho anteriormente podría agregar que, si los ingredientes*

vivenciales que posee un artista se mezclan y luego se colocan en una suerte de "agitador" (quien además contendrá tácitamente la esencia de su talento personal), he aquí que se obtiene un burbujeante coctel imaginario que viene siendo diferente en cada caso. En resumidas cuentas: va a ser su propia creación, o en otras palabras: el hijo de su espíritu, la personal obra que se cuidará y defenderá aún a costa de cualquier adversidad. Debe quedar bien claro que este concepto no es nuevo ni expresado nada más por ser un producto de la casualidad, sino porque al ejecutante le pertenece por derecho propio…

— *Sin embargo, el cronómetro que mide el tiempo de duración de una vida humana es reducido y exacto, así es que por más que intente el artista sacar la cabeza de esa argamasa cotidiana y crear una obra de arte exclusiva; no alcanza a seleccionar, a filtrar y a absorber todos los incentivos que necesita su trabajo, ya que su complejidad es ilimitada. De este modo, aunque realice un extenuante esfuerzo por estar alerta y estimulado el mayor tiempo posible, no va a alcanzar siquiera a vislumbrar el ideal…*

— *Pensándolo bien* —ella dirige entonces su vista a las alturas—, *yo creo que sería necesario que cada ser humano tuviera muchas experiencias vitales, eso que los orientales llaman "Reencarnación", ya no tanto para realizar una creación específica, sino más bien para obtener el aprendizaje idóneo que cuando menos le acreditara haber aprobado el primer curso en la escuela superior de las almas…* —me insinúa, como quien no quiere la cosa, mi *"hada madrina"*.

Tal parece que esta dama quisiera seguir enseñándome más temas alusivos a otras áreas del conocimiento que sobrepasan el campo de las *Bellas Artes* y que tocan los confines de la *Espiritualidad*; inclusive está tratando de hablarme de los *enigmáticos periplos de las vidas sucesivas, de la rueda del devenir, de las leyes de la causa y efecto* y de una serie de *términos metafísicos* que podrían estar inscritos en algún texto *hindú o de budismo tibetano*, encaminados no sólo a entender el *karma*, el *dharma* o el *samsara*, sino a desarrollar ciertas virtudes del espíritu (independientemente de las creencias personales), como podrían serlo: *la generosidad, la conducta moral, la paciencia, la perseverancia, la meditación y la sabiduría…*

No obstante a su notoria intención de explicarme esos temas elevados, hay un momento en que ella se detiene, dirigiendo entonces una comprensiva mirada hacia mi realidad concreta, al darse cuenta de que yo no entiendo nada de lo que apenas alcanza a insinuarme; ya que de pronto y sin decir *"agua va"*, empiezo a respirar a pausas entrecortadas, poniendo tristemente en evidencia no sólo mi ignorancia y superficialidad, sino mi crítica ansiedad existencial – ¡Oh! ¡Dios, qué pena! – al grado tal que ya no insiste más…

Aprovechando el *"**lapsus interruptus**"* se me ocurre preguntarle —tal vez para hacer más ligera la situación y en el fondo deseando cambiar el tenor de su discurso—, el lugar preciso dónde se reúnen los artistas del pincel con sus amigos escritores y poetas.

— *¿Quieres acompañarme?* — me sugiere al tiempo que me señala una de las escaleras que descienden directamente hasta la *"rue Pigalle"*, que a esta hora del atardecer muestra los pulsantes y rosáceos guiños de las bombillas eléctricas en el momento en que se encienden…

VI

Penetramos en un instante al *"**Moulin Rouge**"*, un nuevo cabaret parisino inaugurado también en julio de 1889 y que tiene en su fachada un gigantesco molino de viento, cuyas luminosas aspas al girar continuamente en el curso de la noche me producen un curioso efecto en el cerebro; tal vez debido a los destellos rojizos que emiten intermitentemente o porque dicho movimiento desencadena mi mórbida tendencia a dar de vueltas; el caso es que al entrar con brusquedad al citado antro, el ambiente cargado de humo de cigarrillos y de olores a ajenjo y a cognac, me despiertan una jaqueca de tal magnitud, que si no la alcanzo a controlar, a los pocos segundos puede transformarse en migraña:

> *Los candelabros de ideas*
> *alumbrando como cirios*
> *le dan movimiento al péndulo*
> *que oscila a medio camino...*
> *Tengo el corazón pletórico*
> *como copa de buen vino*
> *y florecen en mi sangre*
> *los rosales del estío...*

Esta noche el salón se mira muy concurrido, pues después de las celebraciones vespertinas de la *Exposición Universal*, a todo el mundo se le ha despertado la ansiedad por sorber el néctar del placer erótico estimulado por la música y el vino. Además hay que decir que hoy se presenta en el foro la máxima estrella del *Can-cán*.

Veo claramente cómo las marquesinas del lugar iluminan las letras de la renombrada *"Goulue"*, quien justamente se ganó el sobrenombre de *"glotona"* por tener la costumbre de tomarse las sobras de las copas de vino que los parroquianos dejan en sus mesas. Ella es una agraciada mujercita de la vida galante, justamente íntima amiga de nuestro pintor y amigo *Toulouse-Lautrec.*

– *¿Quieres saber algo más sobre este personaje?* —Me dice mi compañera, al notar que estoy mirando el gran cartel que diseñara precisamente el genial artista, alusivo al baile de su joven amante—. *Bien, su verdadero nombre es Louise Weber, y es ahora casi una veterana en el arte de esta danza, pues aunque sólo cuenta con 20 años, al ser hija de una prostituta y por ende criada en un prostíbulo, casi siendo una niña se inició en la farándula…*

Yo me quedo callada, pues en mi interior de pronto percibo una extraña sensación: como si en algún otro momento de mi existencia yo también hubiese conocido a esta mujer.

VII

Plap, plap, plap, plap... Una marejada de aplausos anuncia el inicio de la función. Salen a escena las jóvenes coristas ataviadas con minúsculos atuendos de lentejuelas y plumas y a ritmo de una música creada por *Offenbach* –**La Gaite Parisienne**– levantan una y otra vez las piernas, efectúan giros en el aire y culminan su acto con una extraordinaria proeza gimnástica: se dejan caer al suelo abriendo las piernas en un ángulo de ciento ochenta grados... Tomo conciencia entonces que estoy presenciando el surgimiento de esa fantástica danza que no sólo hará furor en Francia y Europa entera, sino que en breve dará la vuelta alrededor del mundo...

Por demás está decir la pléyade de expresiones vitales que entre los espectadores despiertan y que incluyen silbidos, aplausos y piropos muy subidos de tono...

Poco después, con un diminuto tú-tú verde, al tiempo en que realiza un espectacular y sensual movimiento con sus caderas y su acusado "*derriere*"; hace su aparición la mencionada "*Goulue*", provocando de súbito que el aliento quede detenido en la boca de los presentes.

Casi de inmediato, inicia su voluptuoso número con su pareja habitual (un individuo en extremo delgado, a quien los parroquianos le otorgaron el sobrenombre de *Valentín "El huesudo"*), realizando los avances, giros y compases de la famosa melodía de *Offenbach*, con tanta gracia y tan perfectamente acoplados, que por un momento yo misma me convierto en "ella" en la apretujada y calurosa pista...

En un éxtasis de cuerpos
se funden en un abrazo
hacen círculos, piruetas
con paso grácil y elástico,
la cintura y la cadera
describen hermosos arcos...
¡Ah qué ilusiones sin límite
cuando se tienen veinte años!

152

Avanzando con suma dificultad entre la muchedumbre y casi a punto de darme por vencida, debido a tantos empellones y codazos que recibo, me traslado –seguida por mi "*hada madrina*" – hasta la mesa donde se encuentran reunidos los artistas del caballete; cuyas siluetas, iluminadas tangencialmente por una tenue luz verdosa, les produce un curioso efecto impresionista, tal y como si fuesen fantasmas emergidos de ese famoso óleo de *Toulouse-Lautrec* titulado "**Dans le Promenoir du Moulin Rouge**". Estos hombres, al estar acalorados en su charla, cada uno defendiendo sus peculiares puntos de vista, no se percatan de que yo los observo y escucho a la vez:

De hecho, el impetuoso **Vincent Van Gogh** está discutiendo –quizás con la esperanza de llegar a un acuerdo – con **Paul Gauguin** sobre la manera de evitar los tonos sombríos, mientras que **Auguste Renoir** se ha abanderado de las ideas de **Claude Monet, de Edgar Degas** y de **Camile Pissarro** para crear una suerte de paleta "*arco iris*" que, como es bien sabido, incluye a todos los matices de la escala visual humana…

No deja de hacer acto de presencia **Emile Zola**, quien a diferencia de los demás componentes del grupo, se mantiene excepcionalmente sobrio, pues tiene la encomienda de escribir mañana a primera hora del día, un artículo periodístico contestando una diatriba sobre "*Germinal*" la novela que le habrá de consagrar en el futuro como uno de los escritores más ilustres de todas las épocas.

Todos –menos el mencionado *Zola*– escancian con generosidad rebosantes copas de licor. Ahora bien, del mismo modo que ascienden las cosquilleantes burbujas de champaña y se transparentan en el frío cristal de los cálices, la conversación va subiendo cada vez más de tono. Por otra parte, al poseer estas singulares gentes un temperamento tan explosivo, cabe advertir que no es raro que una charla amistosa se descontrole y degenere en una tormenta de injurias y de golpes.

Las trepidantes libaciones son interrumpidas de pronto por la grave voz del pintor holandés, con característico acento extranjero:

– *¡Basta de discusiones absurdas! ¡Escúchenme por favor! Aunque nuestra manera de pintar sea tan diversa, por sobre todas las cosas, hay algo que une a nuestros espíritus en la búsqueda particular por los diversos rumbos del Arte, ello define al grupo y al mismo tiempo le da una firme cohesión, sobre todo ahora que hemos sido rechazados por la elitista "Academie de Beaux Arts". En consecuencia, hay que aceptar que no sólo nos hemos ganado la etiqueta de independientes y anónimos, sino también de incomprendidos y menospreciados. ¡Sí! ¡Sí! han escuchado bien. La gente no puede entendernos, pues ninguno de ellos ha probado la amarga hiel del silencio y de la indiferencia. ¡Qué va a saber el espectador común y corriente de la soledad que sufre el alma del artista cuando, amén de recibir el desprecio o la burla que se le infringe, siente de pronto que se le agotan todas sus reservas de energía! Y luego ese suspenso que nos hace temblar incontrolablemente cuando se intuye que se ha dejado de poner los pies sobre la tierra; es decir, que se ha comenzado a volar prácticamente en una esfera etérea, a la manera de un extraterrestre, un astronauta, un profeta o un loco. Más allá de esos límites atrozmente imaginarios se visualiza una caída abrupta e inexorable que nos provoca una angustia* *de muerte y de la que quisiéramos evadirnos, sin embargo eso es algo que se encuentra por fuera de nuestra capacidad de decisión, incluso radica en el azar, en la llamada "fuerza superior"…Vale decir que los desplomes o deslizamientos son necesarios para avanzar en esta órbita que hemos elegido conscientemente y que aunque no quisiéramos, la llevamos hasta en la sangre.*

(Curiosamente mientras el artista sigue hablando, yo me distraigo con la letra de una canción que quién sabe por qué en ese momento recuerdo, dice así: *"Les parois de ma vie son lisses, Je m'y accroche mais Je glisse, lentement vers ma destinée, **Mourir d'aimer**"*…) –Luego, tras un nervioso parpadeo, recupero la atención hacia la escena en la que estoy inmersa:

– *¡Qué importa que las malas lenguas digan que "el Arte es una abstracción que no da ni para comer"! En nuestro caso particular, si renunciáramos a nuestra vocación esencial, la vida dejaría de tener su verdadero sentido… ¡Amigos! Esta noche que París festeja con orgullo el nacimiento de la torre de Gustave Eiffel, les propongo que nosotros brindemos por la nuestra… Me refiero a la que ha sido levantada peldaño a peldaño con vencimientos y sacrificios, con ilusiones y bloqueos, con trabajo y con amor… Esa torre es nuestra creación interior, lo que hará que en el futuro se nos recuerde. ¡Brindemos por nuestra alegórica torre creada con "la paleta arco iris"!*

Una vez que **Vincent Van Gogh** acaba de expresarse así (por cierto, detrás de la tramoya, su rojiza cabellera está a tono con el color púrpura del aura que rodea a su silueta) yo misma siento en la boca del estómago una especie de *"hueco silencioso"*, ya que no se escucha después ninguna palabra, quizás porque tras las aparentes controversias, muy en el fondo sus compañeros están de acuerdo con él… Sólo se perciben los sonidos de las copas de cristal de *Bohemia* que se entrechocan al efectuar uno más de tantos brindis…

Entonces, como si telepáticamente fuera capaz de penetrar en la torturada **Psiquis** del pintor flamenco, percibo claramente que éste ha intuido –en una suerte de antelación a su propio destino–, su inexorable caída en la enfermedad mental; sobre todo considerando esos atroces vacíos inscritos en su cerebro, combinados con insólitas fugas de ideas y hasta excitabilidad neuronal excesiva, síntomas que ya venía padeciendo desde hacía meses, y que a la postre, por su peculiar tendencia a exceder esos límites que marca la naturaleza humana, lo llevarán directamente a situarse en una *Psicosis…*

De tal magnitud será su gravedad que el *doctor Gachet* (un neurólogo amigo suyo al que por cierto le dedicó de varios lienzos) habrá de hospitalizarlo en el manicomio de *Saint-Rémy-de-Provence…*

(Es inevitable que en ese momento yo también me identifique con él, al evocar las angustiantes y desoladas sensaciones que sufriera en la ocasión en que caí hasta el fondo –como ustedes ya lo saben– de ese maloliente agujero).

Volviendo a la mesa que es objeto de nuestra atención, repentinamente el grupo de artistas, al mirar con detenimiento las copas que tienen en sus manos, dan la impresión de que quieren descubrir algo más a través de ellas, como si fueran adivinos que observan el futuro próximo en sus bolas de cristal, ya que con la pasmosa lucidez que implica saber que no hay otra salida, también intuyen que deben contar con las monedas del ahínco, la voluntad y la dedicación, pues en la vida todo tiene un precio, de modo que aunque a veces eso signifique un dolor infinito, ellos aceptan tácitamente que deben pagar el tributo que se exige en cada caso específico…

—*No te pongas triste*— me dice de repente mi "*hada madrina*", al notar que sin darme cuenta agacho la cabeza…

—Es que se están inmolando a sí mismos en la búsqueda de un ideal imposible. Me parece que en forma empecinada tratan de atrapar algo que está siempre fuera de sus alcances humanos; inclusive creo que, expresado en palabras sencillas, eso significa más o menos que ir corriendo detrás del resplandor de un espejismo…—Le confieso con un dejo de tristeza a mi interlocutora.

—*Te equivocas una vez más. No quiero dejar de mencionarte que si bien es cierto que sus vidas corren con grandes tribulaciones, éstas son compensadas también con alegrías enormes; pues sienten, en lo más profundo de sus almas, que sus personales obras están llenas de autenticidad y que a pesar de que no reciben ningún aplauso por parte de sus contemporáneos, el solo acto de crear, es en sí mismo su propio alimento espiritual… Siendo "creadores" —y no "consumidores"— llegan a comprender el verdadero sentido de su existencia; los enriquece desde muchos puntos de vista, llámense intelectual, emocional, estético o moral y a final de cuentas son capaces de conectarse no sólo con la humanidad, sino con la esencia más profunda de la vida… ¿Qué miedo puede tener a la adversidad un ser humano así? Yo creo que ninguno* —termina de explicarme estos conceptos y abstracciones con una sobrehumana paciencia…

Me detengo un instante a pensar con precisión en los miedos que aún llevo cargando sobre mis espaldas… Ciertamente acepto que tengo un manto de neblina en la mente que aún no he podido despejar. Por ejemplo: ¿Esa fuerte identificación que tengo con los artistas, no me estará indicando que en una época que todavía no recuerdo, yo también lo podría haber sido?

Vuelve, muy a mi pesar, esa terrible jaqueca que ya tenía olvidada, y pulsándome las sienes cada vez con más fuerza, incluso como si fuera una olla de presión a punto de estallar, manifestándose de golpe con el tenebroso séquito de síntomas que la acompaña; es decir: la sensación de lucecitas en el campo visual, los atroces zumbidos de oídos, los ardores en los brazos y en las piernas, la parálisis de la boca y de la lengua, sin olvidar el ominoso e inequívoco vértigo, que culminando en náusea, me hacen ir corriendo sin parar hasta la "*toilette*" de damas a vomitar:

> *La vuelta contra sí mismo*
> *es un boomerang golpeando.*
> *La regresión, espejismo*
> *seguridad del pasado…*
> *La posesión de la histeria*
> *traslada a sus victimarios*
> *a un anfiteatro de culpa*
> *de depresión y letargo…*

– ¡Ayúdame! –le grito a mi amiga estando en el retrete…

– *De acuerdo* –me contesta de inmediato–. *Como tu estado es lamentable, voy a llevarte ahora mismo con un gran médico especialista en enfermedades nerviosas, el cual ha tratado a muchos personajes de actualidad; desde los que encabezan la lista de celebridades de ricos y famosos, hasta los pacientes olvidados del destino, es decir: los humildes y menesterosos, pues con su gran humanismo, ética y capacidad intelectual no discrimina a nadie (susurrándome entonces al oído): aquí entre nos ha llegado a atender a hasta a algunos integrantes de la mafia o bien a los representantes de los más altos círculos de la política: Estoy hablando del doctor* **Jean Martin Charcot***.*

SEXTA PARTE

I

París continúa dando vueltas en mi cabeza, de la misma forma que su diseño de caracol de jardín. Así, cuales frescos personajes infantiles que se dan la mano en una ronda (por ahí comienza una vocecilla de algún *"duende"* interior a tararear: *"Elle a passé, la jeune fille, vive et preste comme un oiseau, à la main une fleur qui brille, à la bouche un refrain nouveau"*). En consecuencia, aparecen en mi memoria fragmentos de algún poema de **Gérard de Nerval** haciendo rimas con los trinos de los pájaros en el estío. Debo agregar que tales cantos no sólo emergen victoriosos de mis confusos recuerdos, sino de las fuentes, parques y hasta zonas boscosas de los diferentes distritos de *"La Ciudad Lux"*.

Dicha metrópolis no se cansa de albergar ancestrales y ostentosos monumentos de piedra, como la escultura de *"**Sainte Geneviève**"*, la patrona del antiguo asentamiento de **Lutecia**, que data de hace ya más de dos mil años, el monumento a **Saint Jacques**, que ha honrado a través de centurias el camino francés hacia *Santiago de Compostela*, o hasta el obelisco de **Luxor**, traído a Francia por las tropas de *Napoleón Bonaparte*; tales creaciones parecen girar en el tiempo y el espacio extendiendo su radio de acción desde el centro de la espiral hasta la periferia…

Sueños de edificios góticos
de susurros en los claustros
de animales mitológicos
en los azules tejados…
***Notre-Dame**, bella y solemne*
no tiene reloj ni horarios
*qué curioso "**déjà vu**"*
son mis anhelos flotando…

Ubicados en esa misma resortera temporal encontramos, correspondientes en honor y en importancia; en primer lugar: a la suntuosa nave de piedra de la catedral de *"**Notre-Dame**"*, erigida en el siglo XII por orden del obispo *Maurice de Sully*, paradigma de esa grandiosa y enigmática arquitectura gótica, que en los siglos venideros llegaría a imperar en Francia y en el resto de Europa. El imponente templo, con sus torres truncadas, su universo de gárgolas y sus hermosos rosetones de cristal multicolor, ha sido testigo de un sin número de acontecimientos de la historia gala, desde coronaciones de reyes, beatificaciones –como la de **Juana de Arco**–, escenario de conflagraciones sangrientas, – sea la **Revolución Francesa** o la revuelta de *La Comuna*– y hasta inspiración de novelistas y poetas, entre los que sobresale por un alto margen, el nombre de **Víctor Hugo**, con su *"Notre-Dame de París"* (habiéndome sumergido sin querer en su trama humanista, alcanzo a ver el mundo a través de los ojos de un marginado social, me refiero a **Quasimodo**, el célebre *Jorobado*, eterno enamorado de la gitana **Esmeralda**)... Muy cerca de allí se encuentra el edificio medieval de *"La Conserjería"*, donde aún pueden escucharse los susurros y rezos de **María Antonieta** – ¡Ay! – antes de ser llevada a la guillotina; después, en el mismo distrito, se yergue el imponente *"**Palacio de Justicia**"* sede del *Parlamento*, de fastuoso estilo neoclásico y con sus deslumbrantes trabajos de herrería conteniendo a *"**La Santa Capilla**"*, erigida por orden del rey **San Luis** –prócer de *Las Cruzadas*– para albergar en su seno una reliquia sagrada, que si no mal recuerdo, es *"La Corona de Espinas de Cristo"*... Por ahí también asoma la cabeza el inmenso *Palacio del **Louvre*** erigido –junto al *"**Ermitage**"* de *San Petersburgo*– en el museo más grande e importante del mundo; y luego, aprovechando la construcción de una estación de trenes del siglo XIX, está el no menos renombrado *museo de Orsay*, que en los años venideros albergará los obras más sobresalientes del **Impresionismo** y el llamado *Arte de Vanguardia*; es posible también admirar los geométricos parterres del *Jardín de las Tullerías* limitado por el *Arco de Triunfo del Carrusel* ; inclusive más allá –unida a la *"Ile de la Cité"* por un estrecho puente–, se descubre a la romántica *Isla de Saint Louis*, cuna de inspiración de poetas como **Baudelaire**, *Claudel* o *Mallarmé*, desde donde puede observarse a la estilizada aguja gótica de la *Torre de Saint-Jacques*, en el boulevard de *Sebastopol*, el que curiosamente adquirirá el nombre de *Estrasburgo* muy cerca de las puertas de *"Saint Denis"* y *"Saint Martin"*. No se puede dejar de mencionar al *Teatro de Châtelet*, situado en la plaza del mismo nombre, dándole la cara a la fuente de *"Los Inocentes"*, así como el de la *Comédie-Française*, sede de tantas *"puestas en escena"* de **Molière** y donde descansa eternamente el corazón de **Voltaire**.

Incluso del otro lado del *Sena*, en su rivera izquierda, se mira al boulevard de *Saint Michel* repleto de gente bohemia y extravagante, así como las cúpulas de *"**La Sorbona**"* y *"**El Panteón**"* sobresaliendo de la marea de tejados pizarra en pleno barrio latino, y donde sorpresivamente entre ellas, aparece un hermosísimo y escultural surtidor que indica el inicio de los prados y arboledas del *"**Jardín de Luxemburgo**"*, rodeando al palacio italiano del mismo nombre, (construido a semejanza del florentino *Palazzo Pitti*), por indicaciones de la legendaria *María de Médicis...*

Desplazándome desde el primer distrito o "*arrondissement*" (la "*Ile de la Cité*" viene a ser el corazón de la ciudad) hasta el que corresponde al número trece, hay que pasar necesariamente por muchas calles, plazas, puentes y recovecos; esto puede hacer que una se desvíe de su recorrido y hasta acabe perdiéndose; por lo tanto es menester, además de tener siempre un mínimo sentido de ubicación, conservar en todo momento el valiosísimo "*Leitmotiv*".

Extenuada y todavía acompañada de mi jaqueca, después de atravesar el secular puente de *Bercy*, arribo a la margen derecha del río —en el muelle de *Austerlitz* – a un espacioso jardín botánico de regio diseño que proviene del período rococó de los reyes de Francia: es el "**Jardín de Plantas**", diseñado por "*Le Nôtre*" en la época de *Luis XIII*. Tan hermoso emplazamiento me brinda la oportunidad, no sólo de tomar un breve descanso, sino de inhalar aire puro para expandir los pulmones y el espíritu; de modo que después de curiosear por sus senderos arbolados e introducirme a su riquísimo invernadero —el cual contiene cactus, orquídeas y diversos arbustos tropicales—, así como de andar disfrutando el aroma de una colección de rosales de procedencia exótica; me tumbo cuán larga soy bajo la sombra del follaje de algún cedro del Líbano…

Una vez que me he desembarazado de mi cúmulo de malestares, llámense: cansancio, jaqueca, mal humor y otros tóxicos corporales, me introduzco al "**Museo de Historia Natural**", el santuario que habría de recoger, a lo largo de varias centurias, valiosísimos especímenes que transitaron el universo de **Darwin** y que llevaron a los científicos europeos a reunir infinidad de fósiles y osamentas que incluyen hoy en día animales extintos —como dinosaurios, mamuts, tigres de dientes de sable, pájaros bobos, etc.

Inmediatamente al salir al exterior, dejando atrás las puertas de de esa compleja galería, descubro ante mí —incluso como dándome la bienvenida— una serie de pabellones de piedra de aspecto sobrio y austero, que datan de la misma época en que fuera construido el museo y el jardín, esto es: del turbulento período de "*Los Luises*". Entonces, como resistiéndome a abandonar las reminiscencias de esas épocas de lujo y pompa cortesanas, para mi sorpresa, me doy cuenta de que estoy situada exactamente frente al complejo hospitalario de "**La Salpêtrière**", lugar donde trabaja el mencionado *doctor Charcot*.

De hecho, lo primero que descubro al plantarme frente a su fachada principal, es una cúpula azul-gris que corona un templo neoclásico situado en los jardines del nosocomio. Está dedicado a *San Luis* (el citado el rey de Francia que combatiera valientemente a los musulmanes en "*Las Cruzadas*", al lado de *Ricardo Corazón de León*) y es testigo de muchos eventos ocurridos a lo largo de varias centurias. Vale mencionar que el nombre de "*La Salpêtrière*" significa: "*lugar donde se guarda la pólvora*" y llega a nuestros oídos como un eco del sitio original; el llamado "*Arsenal*", una bodega con sacos de explosivos utilizados por los cañones de innumerables contiendas bélicas, sobre todo las que se produjeron en un momento dado entre católicos y protestantes, ciertamente descritas con lujo de detalles en una novela de **Alexandre Dumas** conocida como: "*La reina Margot*". Tales batallas se prolongarían a lo largo de varias décadas y su epílogo pasaría a la historia en la llamada "**Guerra de los**

treinta años", donde se cuenta que al resultar victorioso el protestante *"Enrique de Navarra"*, al ascender al trono y desplazar a los herederos de la dinastía de los *Médicis*, el noble español no tuvo más remedio que convertirse al catolicismo. Son conocidas sus palabras al penetrar su ejército a *París* y comenzar a paladear su triunfo el día de su coronación en el templo de *Notre-Dame*: ***"París bien vale una misa"***.

II

El hospital de *la* "**Salpêtrière**", que es el más antiguo y mayor de Europa –me explica mi "*hada madrina*"– ha socorrido y alojado en su seno no sólo a enfermos graves, sino a infinidad de mendigos, prostitutas, huérfanos, ancianos y "*clochards*" desde la truculenta época en que empezara a fungir como hospicio y que, dicho sea de paso, corresponde al mismo período en que el cardenal **Mazarin**, siendo primer ministro del reino e impresionado al ver la gran cantidad de miserables que pululaban por doquier, constituyendo así un porcentaje amenazador, inició las gestiones para crear un albergue que los cobijara.

Cabe expresar que de entre toda esa gama de seres de bajo estrato social, de esos marginados que tienen la piel y el alma hecha girones, sobresalen los enfermos que han perdido la razón; es decir, los alienados, independientemente de que sean: *dementes, maníacos, depresivos, idiotas* o *histéricos*, según la clasificación del *doctor Esquirol*...

Estos pobres seres tan despreciados por la sociedad, sometidos a un trato cruel e injusto y que en muchas ocasiones supera con creces al que se da a los animales; es tal la depresión que alcanzan, que ya no desean nada en la vida, excepto que alguien les inyecte un analgésico que les calme ese dolor crónico que llevan siempre consigo, para intentar al menos, poder así morir en paz... ¡Qué lejos están de recibir un cariño o de que algún espíritu caritativo se les acerque y al menos les enjugue sus lágrimas!

Su aspecto grotesco y desaliñado inspira sólo repugnancia. Ni siquiera el doctor **Philippe Pinel** (ese famoso psiquiatra francés que pasara a la historia por la serie de normas que redactó, enfocadas a mejorar la atención de los enfermos, para que mediante ellas se les brindara un trato más humano, orientado sobre todo a llenar sus necesidades de afecto) lograría poner totalmente en práctica aquella legendaria frase de Jesús, vigente desde hace dos mil años que dice: "**Amarás a tu prójimo como a tí mismo**"...

Pero yo misma soy la que me encuentro ahora atravesando el jardín que me lleva al pabellón *Mazarin*, el cual es un conjunto de largas y espaciosas salas de paredes blancas, de amplios ventanales y elevados techos de pizarra, enfriándose tanto en invierno que las chimeneas y los calefactores no los alcanzan ni en sueños a calentar... Intuyo que detrás de estos gélidos muros que encierran a tantos pacientes alienados, estarán muchos secretos que aún no han sido sacados a la luz y que –quizás por un motivo que ahora no entiendo, aunque es muy probable que sea por prudencia– permanecen suspendidos en la punta de la lengua de mi amiga.

Cruzo veredas y abismos
los orbitales del átomo
la locura y los delirios
la posición de los astros
las guardias de los enfermos
los desvelos, el cansancio
*y el **Dolor** que hace al instante*
tan lúcido como un parto...

De hecho, cuando estoy a un centímetro de empujar el portón de entrada al recinto, la señora me hace una advertencia:

—*Ten mucho cuidado con lo que veas y escuches en el interior, porque esta sala está llena de trampas y acertijos; además, los estímulos que de ahora en adelante recojas tienen significados ambiguos, por lo tanto, si te equivocas en su interpretación, corres el riesgo de perderte...*

— ¿Perderme yo? Le expreso, al tiempo que arqueo las cejas y la miro con un aire estirado y hasta con prepotencia... Es evidente que no alcanzo a controlar esa fuerza maléfica que vive en mi interior, pues de súbito siento como si otra vez estuviera pugnando por emerger... Me parece que en el fondo de mi alma aún persisten rescoldos de egoísmo y vanidad, los cuales, no conformes con haberme hecho tanto daño en el pasado, cuando menos lo espero, se vuelven a encender y a chisporrotear...

Penetro entonces a la larga habitación cuyo ambiente en penumbra obliga a mis pupilas a dilatarse.

III

En una hilera de camas de hierro medio desvencijadas, cubiertas de raídas y malolientes sábanas, yacen las enfermas histéricas, cuyos gritos y ayes de dolor son tan agudos y escalofriantes que incluso traspasan el cristal de los viejos ventanales… A mis oídos llegan hiriéndolos, como queriéndoles hablar de esas escondidas historias que les siguen causando tanta desazón…

Estas mujeres, quizás por los años de sufrimiento que llevan a cuestas, han ido perdiendo gradualmente la memoria y la razón a la par que la dignidad y la autoestima, y posiblemente al ya no tener ningún motivo para luchar y seguir adelante, se han dejado vencer por completo, de la misma forma que un árbol cae fulminado por un rayo y deja a su alrededor ardientes cenizas…

Por eso es que al mirarlas –aunque sea de reojo–, puedo ver en su desolado mundo interior la carencia de fe y esperanza; ya que en el catastrófico estado en que se encuentran, sería utópico pensar en la curación plena, o por lo menos que pudieran salir aliviadas del hospital.

Debido al mal que las aqueja, el resto de sus días estarán colocadas en algún rincón del viejo asilo de alienados de la misma forma en que se coloca a un zombi, dejándolas solas e inmersas en su vacío interior… En verdad provocan un espectáculo desolador, al verlas sumergidas en sus divagaciones o con la mirada perdida en el techo, observando quizás el vuelo de una mosca, tratando de no pisar las rayas de las baldosas o hasta jalándose con desesperación los cabellos, en una actitud semejante a las antiguas *plañideras griegas*.

Es tan decadente y lastimero el aspecto que muestran con esas largas y desteñidas túnicas blancas, que cuando las veo desplazarse por los pasillos haciendo muecas y contorsiones, no puedo evitar recibir la *transferencia*…

Inevitablemente en ese momento me llega como un "*flashazo*" la imagen de la escultura del "*Pensador*", de *Auguste Rodin*, que como de sobra se sabe, inicialmente iba a formar parte del monumental proyecto escultórico de "*La Divina Comedia*" –trabajo que nunca terminó– y donde la compleja y torturada estatua representaba al poeta italiano *Dante Alighieri* en las "*Puertas del Infierno*", donde miraba con pesadumbre no sólo a los pecadores que estaban cumpliendo su condena en ese ominoso lugar de castigo eterno, sino al ser humano a merced de las veleidosas e implacables fuerzas del destino…

¿Me estaré sintiendo igual que esa creación de bronce al mirar directa y descarnadamente el sufrimiento de estas pobres mujeres olvidadas de la mano de Dios? ¿Verdaderamente será por eso o no habrá otra asociación subliminal?

Me parece que el proyecto escultórico anteriormente mencionado, se realizó en la misma época en que el genial maestro tuvo un tórrido y clandestino *"affaire"* con **Camille Claudel**, una de sus alumnas más aventajadas, al grado tal de convertirla en su amante de varios años, a pesar de ser él un hombre casado. La pobre mujer no pudo resistir el *triángulo amoroso* del que formaba parte, y al ser ella el punto más débil, no resistió la tensión psicológica y terminó afectada de locura, viviendo recluida en un manicomio hasta el final de sus días.

¡Oh, Dios mío! ¡Otra vez tengo las ideas enmarañadas! Para colmo de males me regresa esa lancinante jaqueca que ya creía resuelta y que al crecer en forma progresiva me provoca un *"tic"* nervioso en la comisura derecha de la boca, el cual oculto con mis manos, pues me avergüenza que la gente me vaya a ver tan atrozmente descompuesta:

> *Tras el telón del enigma*
> *mi sombra se transparenta*
> *entre seres alienados*
> *vestidos de blancas telas.*
> *Y con dolor penetrante*
> *que lacera mi cabeza*
> *oleadas de escalofríos*
> *me taladraron las venas…*

De pronto siento algo semejante a un vuelco en el estómago: Me pregunto si estas escenas que veo como si fueran representaciones de una tragedia griega o hasta del *"Infierno de Dante"* ¿No las habré vivido ya en algún momento anterior? ¿Tendré algún bloqueo en el interior de mi *Psique* y por eso es que no aciertan a aclarárseme?

IV

Mis pensamientos son interrumpidos por la llegada del *doctor **Jean Martin Charcot*** a la sala general de los pacientes alienados, quien enfundado en una bata blanca (casi transfigurado por una luminosa *"aura"* arco iris, al grado tal de recordarme al profeta **Elías** del Antiguo Testamento), está iniciando su cotidiano pase de visita acompañado por sus médicos asistentes.

A medida que se detienen en cada una de las camas de los ingresos, el grupo médico escucha con interés las sucintas explicaciones del maestro, pues cada caso clínico es diferente y merece especial atención. Así, la adecuada integración de signos y síntomas dará la pauta a seguir en el proceso de develar la naturaleza íntima de la enfermedad:

– *Lo primero que tienen que aprender es que la relación médico-paciente es un asunto sagrado* –habla el doctor Charcot–. *Es como una conexión sutil, una especie de puente o punto de contacto entre dos seres que se necesitan (sobra decir que uno para curarse y el otro para entender los enigmas de la vida). El hecho evidente es que, si uno sabe conducirse con sabiduría y cautela por ese pedregoso camino, el beneficio será mutuo. Nosotros como médicos debemos infundir mucha confianza en el acercamiento, pues sólo así el enfermo podrá abrirse de lleno. Vale la pena hacer hincapié en la prudencia necesaria que ha de emplearse en el proceso, agregando que de ningún modo se deben realizar juicios apresurados, pues en gran parte de los casos la enfermedad suele llevar un antifaz. El meollo está precisamente en saber cómo arrancarlo, y tal cosa, mis queridos colegas, es todo un arte. Voy a referirme ahora a la mujer histérica, a la que he dedicado mucho tiempo de estudio y observación, debido a que sus manifestaciones clínicas siempre me han causado fascinación y arrobamiento; ya que entre otras cosas, tal enferma tiene por costumbre caminar no por lo que es obvio, sino por las "arenas movedizas" de su inconsciente, cayendo en ese "sucio y pegajoso barro" una y otra vez, al tiempo que contamina sus pensamientos, acciones y en suma, todo lo vital que de ella emerge… Pero ¡Ojo! ¡Camaradas! Pues de alguna forma, con su seductora actitud, va a intentar "engancharnos" haciendo que cualquiera de nosotros también caiga allí, envolviéndolo en la misma vorágine tendenciosa y llena de sofismas que ella padece…*

No sé por qué, –incluso como si fuera un "***déjà vu***" – en ese momento mis pensamientos interrumpen la disertación del neurólogo, al grado tal de ponerme a maquinar que cualquiera de estas mujeres ahora mismo:

> *Se escapa y se va de aquí*
> *pervive en pieles ajenas*
> *en la angustia del vivir*
> *y en el "flush" de la vergüenza…*
> *Viaja hacia otro continente*
> *llevándose sus tristezas*
> *sus alegrías y temores*
> *sus sueños y sus torpezas…*

Me pregunto si yo misma en algún momento de mi devenir existencial me llegaría a escapar de este manicomio… Ya que por un mecanismo que no soy capaz de aclarar o discernir en el presente, con suma facilidad logro entender los íntimos deseos de las enfermas y hasta sus inusitados comportamientos, por más aberrantes y atípicos que sean. Incluso me parece que:

> *Esas mujeres histéricas*
> *con artimañas enseñan*
> *sus mitos y fantasías:*
> *dicen ser de la nobleza*
> *o lucir como odaliscas.*
> *Las pobres salen a escena*
> *polveadas y mal vestidas*
> *mas con aires de grandeza*
> *cantan y bailan: deliran.*
> *Creen que van a recibirlas*
> *con aplausos y con cenas*
> *en "**La Scala**" de Milán*
> *o en "**La Fenice**" en Venecia.*
> *suponen que son las divas*
> *que interpretan **La Bohemia***
> ***Madame Butterfly**, **Aída***
> ***Rigoletto** y **La Traviata***
> *alguna que otra zarzuela*

y ***El Barbero de Sevilla***.
Mas las pobres no se fijan
que ellas no son lo que intentan:
Con sus túnicas raídas
y su arsenal de molestias
parecería que caminan
por un trance poseídas...
Y al traspasar esta puerta
se detienen y hasta tiemblan:
sucumben ante mi vista
en un ataque de histeria...

Entonces, cuando yo misma estoy a punto de caer en la trampa de mis propias ideas, mi *"hada madrina"* me da una palmadita en la espalda urgiéndome a que deje de lado mis tonterías y elucubraciones histriónicas y me concentre en la clase del *Profesor Charcot*, pues de otra forma perderé la valiosísima oportunidad de aprendizaje y sanación que el destino me está otorgando gratis, ya que si continúo con mis obsesiones:

Lentamente los efectos
de un valor equivocado
incidirán mi organismo
y todo gesto espontáneo...
Un tamborileo de síntomas
de tipo psicosomático
atacarán mi cabeza,
mi corazón o mi estómago.

Vuelvo entonces a concentrarme en los estímulos que mis oídos recogen en la sala general de los enfermos, al grado de unirme –sin que nadie me vea– con el grupo de alumnos del citado galeno, quien continúa hablando con toda propiedad y elocuencia, como si en ese momento lo único que existiera en el mundo fueran sus pacientes:

– *Ahora bien, si tenemos la fortuna de lograr una comunicación más abierta mediante la entrevista directa con el enfermo* – sigue hablando *Charcot* al tiempo que levanta teatralmente sus brazos, como si fuera un demiurgo que otorga una promesa de redención– *habremos avanzado más de la mitad del camino. Empero, si ocurre lo contrario, tal y como se observa con mayor frecuencia en los pacientes* **neuropsiquiátricos**, *cuya escala varía desde el estar plenamente conscientes de lo que les sucede, hasta llegar al coma más profundo; donde no existe ningún tipo de* respuesta a la estimulación, ni siquiera la dolorosa, pasando por numerosos matices que incluyen la indiferencia, confusión, letargia, obnubilación somnolencia, mutismo, catatonia, etcétera… Entonces la situación se complica y es el momento de utilizar el recurso de los símbolos, lo cual no es otra cosa que la metáfora de la enfermedad. Incluso si a cualquiera de ellos ustedes le colocan sus manos sobre su pecho, pueden percibir la manera en que le palpita aceleradamente su corazón.

Vuelvo entonces a mis delirantes introspecciones, sintiendo incluso cómo a la mujer histérica:

> Le tiembla su carne entera
> a merced de una agonía
> que la ha dejado sin fuerzas
> y con las manos vacías.
> Con la voluntad ahogada
> en un charco de cenizas…
> Sucumbe en mil convulsiones
> y se moja de saliva
> sin control de movimientos
> y sin controlar su orina.

Mas el científico, ignorando que a cada rato yo me distraigo en mi propio drama existencial, sigue hablando como si nada:

— *¿Qué expresa por ejemplo, el síntoma de "**ceguera histérica**"? ¿Qué entienden por una mano paralizada que ya no quiere escribir? ¿O una garganta bloqueada que impide la emisión de las palabras? ¿Qué quieren decir unos bronquios obstruidos que se niegan a respirar? ¿O hasta la postura ovillada del enfermo, que recuerda a la que toma el ser en su etapa intrauterina? Este lenguaje no tiene más objeto que revelar, sobre todo tratándose de la aludida paciente, que ella quiere llamar nuestra atención; en pocas palabras: a través de las floridas manifestaciones de su enfermedad ella nos dice: "Mírenme, aquí estoy, me siento prisionera y no encuentro la forma de poder liberarme". Incluso como si estuviera dentro de un trance psíquico:*

> Intenta pedir ayuda
> cuando en su cuerpo ella siente
> que el dolor clava sus uñas
> y arde la fiebre inclemente
> como una voraz intrusa.
> En los surcos de su mente
> flotan manos pervertidas

la cama es prisión de angustias
y hacia atrás, en su inconsciente
busca su cuna o su tumba...

Tal conducta, si se juzga con ligereza —continúa explicando a los oyentes— *podría parecer que nos está manipulando y ello es la causa de que muchos de nuestros colaboradores médicos rechacen de entrada a tales enfermas. Por eso es que hay que detenerse y escudriñar con mayor meticulosidad que nunca, pues las raíces de ese comportamiento son mucho más profundas de lo que se alcanza a percibir; ya que en ese momento ni siquiera ella misma se da cuenta de la génesis de su problema. Lo que generalmente manifiesta es algo minúsculo, algo así como* "**la punta del iceberg**", *de forma que la casi totalidad del núcleo de su patología reside en las profundidades de su espíritu* —hace una pequeña pausa para tomar aliento—... *Espero que no se dejen llevar por sus apresuramientos y se detengan a observar esas manifestaciones sin prejuicios y con ojo inquisitivo; ya que por otra parte, si aprenden a desarrollar esa paciencia, perseverancia, disciplina y voluntad, (cualidades que todo investigador clínico debe poseer), cuando menos lo esperen lograrán desentrañar el velo que cubre sus misterios.*

Sin ningún ánimo de contradecirlo, en ese instante creo —para mis adentros— que esa meta que describe no es tan sencilla de alcanzar, ya que:

La **Psique** *es un enigma*
de escondidos secretos
que al surgir nos provocan
infinitos tormentos...
Rehiletes de ardores
que circundan el pecho
dan jalones de alambres
en fiebres y lamentos.
Hospitales que albergan
llantos de los enfermos...
Crucifijos *testigos*
de la náusea y el vértigo.
La dolencia que rompe
una marea de cercos
y tristemente vence
a enfermeras y a médicos...

– *Mis queridos alumnos* –casi a punto de concluir su disertación –, *debo decirles que llevo mucho tiempo estudiando el comportamiento de mis enfermas, y que si bien es cierto al principio me intrigaban, al proseguir con la evolución de sus casos clínicos, en un momento dado me llegaron inclusive a hacer sentir un ignorante, pues cuando creía yo que había avanzado en su curación, cuando menos lo esperaba, éstas caían en una involución espectacular, regresando así a sus síntomas iniciales; ciertamente algunas empeoraban en relación con su primigenio estado mórbido. Fue por esa época cuando se me ocurrió inducirlas a un trance hipnótico; lo cual por fortuna me facilitó el acceso directo a sus traumas más profundos.*

Pero como estoy solamente de observadora y no quiero interrumpir sus enseñanzas, pienso que lo que se me hace difícil y hasta casi imposible de comprender, lo encontraré mejor explicado en su libro recientemente escrito, titulado: **"Estudios sobre la hipnosis en el tratamiento de la histeria"**... Así es que ahora mismo tengo que concretarme a seguirlo escuchando.

– *Quisiera dejar de tocar estos puntos álgidos con una interrogante a resolver* –empieza a reír como un chiquillo travieso–: *¿Se atrevería alguno de ustedes a ponerse los "zapatos" de cualquiera de mis peculiares pacientes? Lo dejo a su consideración... Pero, bueno, cambiando de tema: ¿Le gustaría a alguien hacer una pregunta?* –concluye el médico, al tiempo que se apresura a mirar la hora, sacando de su bolsillo un reloj de cadenita dorada...

– *Sí, maestro. ¿Existe una técnica diferente a la hipnosis que usted acaba de mencionar, algo que rebase los límites de lo que normalmente aparece en la vida de vigilia? Ya que si se puede penetrar al núcleo patológico del enfermo hipnotizándolo... ¿No sería más sencillo hacerlo a través de los sueños, teniendo en cuenta que las imágenes que se procesan aquí son una suerte de jeroglíficos que hay que traducir y codificar?*

Quien acaba de expresarse así, es nada menos que un apuesto joven médico de origen judío, que ha llegado recientemente a *"La Salpêtrière"* procedente de *Viena*.

– *¿Te gustaría saber su nombre?* –Me comenta mi *"hada madrina"*– *Voy a presentarte al que será en el futuro el* **"Padre del Psicoanálisis"**: *el doctor* **Sigmund Freud** –detiene un momento sus palabras, provocando –incluso a través de alguna asociación desconocida– que se me prenda en la cabeza un molinillo de ideas, ya que en una ocasión:

En un estado letárgico
a medianoche, soñando
vi a Freud sentado a su mesa
con su barba y su tabaco.
Mirándolo con fijeza
le dije sin ningún preámbulo:
¿Qué son los sueños? ¿Qué idioma
de símbolos milenarios
brillan en trozos mnemónicos

e incitan a descifrarlos?
¿Qué son los sueños? Insisto
con deseos de no cansarlo.
Él finalmente me habla
con tono de un hombre sabio:
Los sueños son proyecciones
ni son negros, ni son blancos.
Son deseos muy escondidos
distintos en cada humano.
Son escenarios de encuentros
de ángeles con piel de diablo
que se mofan del realismo
y del orden cotidiano...
Son creaciones de acuarelas
con matices de verano,
lenguajes de los delfines
o ballet de blancos álamos...
Son también los mecanismos
que al hambriento dejan harto
al débil le dan la fuerza
y al reprimido un orgasmo.
Escapan de la conciencia
y suelen ser olvidados
pues nadie quiere sentirse
Sumiso, pasivo o sádico.
De día se racionaliza
son valiosos nuestros actos
Y ¡allá vamos! atraídos
por los gritos del rebaño...
Son evasiones neuróticas
de nigromantes sonámbulos
pues se sienten prisioneros
por los ardides de un fiasco...
Al fin juguetean con sombras
y reviven el pasado

la lobreguez de los sótanos
y el moho de los diccionarios.
No hay que olvidar que son puentes
de la aurora y el ocaso
más allá del horizonte
de mares y cielos cárdenos...
Los sueños son pulsaciones
de mundos que son vedados
que aún permanecen vírgenes
inaccesibles y extraños...

V

Así, precisamente cuando más estimulada me encuentro por haber penetrado en el rico **universo freudiano**, lleno de simbolismos y metáforas que intentan explicar todo aquello que la censura *niega, reprime, evade, suprime, racionaliza, proyecta, sublima,* y –válgase la expresión– *nunca es capaz de aceptar,* porque ello está significando que se deben efectuar cambios dolorosamente necesarios en el comportamiento y en la manera de reaccionar...

> *Los hilos de la **hilandera***
> *se enmarañan y se enriscan.*
> *Vejan el libre albedrío*
> *y el destino de una **ninfa**...*
> *Hay voluntades gigantes*
> *que aplastan y que exterminan*
> *los ideales personales*
> *que se carcomen y olvidan...*

Atada de las piernas y los brazos, con apretados vendajes que la sujetan a los barrotes metálicos de su cama y demás catéteres que la conectan con un suero que cuelga en lo alto de un tripié, yace una enferma de la que se ignora el nombre, la edad exacta, la procedencia y hasta la nacionalidad.

Es una especie de reducto humano que pudiera pertenecer a cualquier país del mundo, independientemente de su grado de desarrollo económico y cultural, pues es bien sabido que en el ascenso a través de la pirámide social, en esa cotidiana lucha que se tiene por ser el mejor y tratar de ocupar el grado más elevado de la escala evolutiva; quedan rezagados seres que al no llenar los requisitos para ser útiles y aceptados por sus congéneres, la misma sociedad los coloca en el cajón de los desechos.

Dicho más crudamente: son una suerte de *"clochards"*, mendigos o itinerantes que al tener la autoestima tan baja, si no reciben ayuda, ellos mismos acaban eliminándose. A este encasillado pertenece la paciente en cuestión.

Exhausta y sudorosa por la reciente crisis convulsiva generalizada, con el cabello enredado y las sábanas en desorden, la aludida mujer intenta respirar con mayor parsimonia que hace unos segundos, como si después de la aciaga tormenta, su medio interno y demás asuntos corporales regresaran a su cauce habitual.

> *Con los nervios destrozados*
> *y la vista en selva de ansias*
> *respirando frustraciones*
> *y hormigueándole la cara*
> *gimiendo cual si llevase*
> *un **crucifijo** en el alma*
> *se desplomó en un ataque*
> *que un mundo oculto expresaba…*

Dirigiendo la mirada a su lecho, es posible observar con claridad cómo lentamente se despereza, abre lentamente sus grandes ojos verdes, y tras emitir un soñoliento y despistado suspiro deja salir una serie de gruñidos que —ignoro por qué causa— me hacen pensar en un animal dolorido y acorralado. A esa mujer, que podría tener por nombre: *Dolores, Elena, Sara, Alicia, María o Teresa*… Cualquier sustantivo que se escoja va a dar el mismo resultado, pues como la enferma se encuentra perturbada por la reciente crisis, no alcanza a comprender el significado de las palabras, ni mucho menos a leer las manecillas de un hermoso reloj de esmeraldas que extrañamente luce sobre su túnica blanca:

> *Una hoguera era su pecho*
> *abatido por sus ansias*
> *y en camisón, sin afeites*
> *a merced de un mar de rabia*
> *en cualquier hora del día*
> *sin más ni más, estallaba.*

El *doctor Charcot* y sus discípulos se detienen frente a la baranda de su cama, con el objeto de realizarle un examen neurológico completo: pero cuando el médico le habla ordenándole que realice unas sencillas destrezas —para saber su grado de coordinación psicomotriz —, como por ejemplo, que cierre los ojos, que apriete las manos o que mueva y levante sus piernas; al notar que ella no puede hacer nada, queda claro que cuestiones de orden más complejo –relacionadas con sus funciones mentales superiores –, como sería el hecho de conocer su apelativo, la fecha en la que vive o el lugar dónde se encuentra, no los va poder contestar, simplemente porque no tiene la capacidad para hacerlo. ¡Ah! Pero ni qué decir cuando le puncionan con una aguja el pecho para probar su sensibilidad, es entonces cuando salta de dolor, pues esta primitiva sensación, que por cierto es común y presente en todos los seres vivos, es la única que conserva activa y es a partir de ella como se comunica con el medio externo. A través de sus gritos de dolor es como logra expresar el *"Vía crucis"* por el que está pasando; en pocas palabras, tales sonidos son la expresión más vital y auténtica de todo su sufrimiento.

Flotando en la penumbra
en el frío del silencio
revolotean imágenes
que electrizan los vellos.
La niebla que se extiende
cual sábana de un muerto
el hospital sonámbulo
la cruz de un cementerio
y el estómago en crisis
en su fiebre de vuelcos
son augurios maléficos:
*los **Vía Crucis** del cuerpo.*

A propósito, después de atravesar su piel con el instrumento punzante, la enferma empieza a reaccionar de una manera que nunca esperé siquiera, lo cual no sólo me desconcierta por su aspecto aberrante y abstruso, sino que me considero incapaz de traducir. Es tan enigmática su actitud que me parece más difícil de entender que la que manifestó *Champollion* cuando tuvo ante sí los jeroglíficos de la piedra de **Rosetta**. De repente se revuelve furiosamente en su lecho, a la manera de un animal en cautiverio, ya que constantemente emite resoplidos y tensa sus músculos al máximo. El caso es que luego de liberarse parcialmente de las vendas que la mantienen atada, en forma sorpresiva e inexplicable, se levanta la túnica que la cubre y ante los azorados ojos de los presentes les muestra con crudeza la flor de su sexo… ¿Qué clase de mecanismo es ése que sólo logra enturbiar el espejo con que la miran los demás? ¿Qué sensaciones de oscuros deseos de lujuria o perversión llegará a despertar la pobre loca? ¡Dios mío! ¡Qué tristeza que un ser humano haya caído en esta situación!

En gigantesca comparsa
van los deseos disfrazados
reinas madres sometidas
tigres que se han vuelto mansos
una figura desnuda
cuyo sexo va mostrando
y con ritmo de tambores
sin sentido van marchando…

VI

Sintiendo que la cabeza me va estallar de un momento a otro, busco con la mirada la misma puerta por donde acabo de entrar y así, de esa forma, alcanzar los parterres del jardín para poder aspirar unas buenas bocanadas de aire puro.

Y es que a decir verdad, a pesar de todas las vueltas que he dado a través de los mil y un laberintos de tiempos y distancias, continúo sin vencer mi ansiedad y confusión... Si bien es cierto que sufro oscilaciones, a veces tan abruptas e impresionantemente extremas, que hay momentos en que siento que ando viajando trepada en una *"montaña rusa"*, pues así como alcanzo a subir muy alto, el descenso luego ocurre de manera inexorable y hasta *"suicida"*, al grado tal de sentir un vuelco en el estómago de la arrolladora emoción. Incluso hay ocasiones en que me duelen tanto las caídas, que vuelvo a manifestar prácticamente la misma ansiedad que tenía en un principio, cuando descendí a ese horrible agujero que ustedes ya conocen muy bien (tan lejano de la conciencia ahora, que parece estar cubierto por un espeso manto de neblina).

Quizás estoy así porque continúo con un enjambre de enigmas sin resolver, ésos que ahora mismo me están martilleando el cráneo. Vuelvo a preguntarme: *¿Qué somos los seres humanos? ¿De dónde venimos? ¿Hacia dónde vamos? ¿Cuál es el sentido o propósito de la existencia? ¿Estoy viva o sólo soy un invento de un ser que no conozco y que no quiere darme la cara?*

En otras palabras: regreso a la idea de que estoy dentro de un engañoso *"**sueño lúcido**"* del que, a pesar de todos mis esfuerzos, no he logrado despertar, un curioso espejismo que no tiene principio ni fin, y que al ser algo imaginario e inasible, no existe ninguna posibilidad de salida...

> *Semejante a un augurio*
> *que antecede a un duelo*
> *mi cabeza se llena*
> *de pensamientos negros.*
> *Por un lugar extraño*

de un atávico sueño
reconozco otras partes
de mí misma y desciendo
a regiones fantasmas
a túneles pretéritos
al lugar donde el agua
forma olas de regreso
a la puerta invisible
del final y el comienzo.
Les evado, les temo
¡No más! ¡No quiero verlos!

– ¡*Para, Para! ¡No sigas por ahí! Has vuelto a caer en el viejo vicio de la depresión*– me dice mi "*hada madrina*" quien me confronta directamente con mis reprimidos bloqueos e impide que mis retorcidas tendencias me desvíen hacia otros rumbos.

– *Ahora más que nunca tienes que ser firme en tu propósito de continuar con tu autoexploración. Sujeta bien el timón de tu voluntad, pues necesitas mantener el equilibrio en el oleaje de la tormenta que esta enferma te ha desatado. ¿Conoces a algún capitán de barco que se muestre débil e inseguro a la hora de sortear el peligro? Tranquilízate por favor, voy a invitarte a que te vuelvas a relajar y a que pongas por algunos minutos tu mente en blanco; en una palabra: a que te sumerjas en un punto neutral…*

– Gracias una vez más– le digo– Ignoro que sería de mí sin tu ayuda. En verdad que tu presencia ha sido una suerte de faro de salvación que, cuando menos lo espero, acierta a iluminar mis tinieblas.

VII

Después de estar cierto tiempo aspirando el aroma de las coníferas —sean abetos, pinos o cedros— que están en el jardín aledaño al pabellón *Mazarin*, y una vez que estoy más despejada, me devuelvo a la sala donde yace esa paciente histérica tan llena de misterios a resolver.

Ahora está tranquila, pero recientemente le inyectaron un ansiolítico en la vena que le cortó la agitación. Es entonces cuando logro acercármele, percibiendo incluso su respiración rítmica y acompasada. Me llama la atención que cuando ella está serena, sus gestos se le suavizan y por momentos hasta creo que es una mujer hermosa, inclusive pienso que se parece a la gitana *"Esmeralda"*, ese célebre personaje de *Victor Hugo* que —como se recordará— aparece en los escenarios de su *"Notre-Dame de París"*... Podría pensarse que la estoy idealizando... ¡Vaya con mis ideas! Pero en verdad hay en ella tantos vestigios de otras épocas... Me pregunto por qué extrañas vicisitudes pasaría para venir a acabar aquí, sujeta con ataduras y vendajes a esta cama de hierro, de la misma forma en que algún veterinario atara sin compasión a un agresivo y peligroso perro con rabia...

Entonces, como si ella captara telepáticamente lo que yo estoy pensando, de repente se mueve entre las sábanas, se voltea hacia el lado en que me encuentro y tras parpadear varias veces —moviendo sus larguísimas pestañas— inesperadamente me devuelve la mirada. Y en ese instante, fascinada por el verde esmeralda de sus ojos, no tengo ya ninguna necesidad de que me hipnotice el *doctor Charcot*, de modo que no me doy cuenta del mágico segundo en el que comienzo a penetrar gradualmente en una suerte de trance onírico.

Así, como si me sumergiera en las aguas de un lago glaciar y fuera arrastrada al fondo por la turbulencia de un remolino, mi retina se introduce en el minúsculo punto de luz que atisbo en la hondura de sus pupilas, alentada tan sólo por su respiración que repentinamente, como si fuera un eco, se ha sincronizado con la mía.

¿Por qué mi faz se refleja
en su mirada doliente

cuyas pupilas se han vuelto
dilatados lagos verdes?
¿Son sólo dos esmeraldas
brillando en haces perennes?
¿Será que mi alma quisiera
entrar en su mundo inerte
y resolver los enigmas
que afectan tanto a mi mente?

Entonces, al verme reflejada en sus ojos, ignoro por qué curiosa causa experimento el intenso deseo de penetrar a su espíritu, topándome sorpresivamente allí —exactamente en el umbral—, no con los diversos elementos anatómicos que conforman su vías ópticas, sino con un antiguo y pesado portón de metal cuyo cerrojo está oxidado y lleno de polvo y telarañas…

Hay portones, cerrojos:
prohibiciones de acero
cárceles de prejuicios
que aprisionan los vuelos
muros de intolerancia
dan impotencia y miedo
y una ráfaga de augurios
deja los miembros trémulos…

Como me quedo titubeando sin saber que decisión tomar, mi *"hada madrina"* me dice entonces:

—Si quieres abrir la pesada puerta de hierro que está detrás de su iris, debes saber que tiene un truco especial, pues si no lo conoces, toda maniobra que realices de ahora en adelante será absolutamente inútil. La clave es sencilla y como no se me hace justo que la ignores, te la voy a decir: Tienes que introducir en el cerrojo algún elemento móvil para que así se libere su mecanismo…

Intento realizar dicha acción varias veces, pero como mi índice derecho es muy corto, no alcanza a realizar su objetivo… Entonces, cuando estoy a punto de desistir, otra fuerza, surgida quién sabe de dónde, se introduce fugazmente en la cerradura y haciendo un *"clic"* metálico libera con holgura el candado… ¿Será posible que ese desconocido dedo pertenezca a Dios?

SEPTIMA PARTE

I

La luna entre follajes
con su círculo pétreo
es ojo de la noche
*y ojo de **Polifemo**.*
Ojo que muestra sombras
con contornos grotescos
ojo que centellea
en círculos de fuego…

Entonces, cuando introduzco mi visión en las pupilas de la enferma, alcanzo a concebir que ya no hay más vuelta de hoja para mí… ¡Basta de excusas y de miedos absurdos! Tengo que abrir simbólicamente los *"ojos del espíritu"* pues en caso contrario permaneceré viviendo como una zombi por el resto de mis días.

De este modo, en el momento en que alcanzo a levantar mis párpados, me doy cuenta que el escenario ha cambiado por completo: Ahora estoy en el interior de una buhardilla, situada en lo más alto de una vieja mansión renacentista, mirando hacia la calle a través de un *"ojo de buey"*.

Es ya de noche. El círculo plateado de *la luna* ilumina el panorama de la ciudad… Desde donde me encuentro se observa un aristocrático emplazamiento, en forma de cuadrado de proporciones exactas, cuyas suntuosas residencias de ladrillos rosa y techos pizarra le brindan al *ojo humano* una sensación de extraordinaria armonía. Es *"**La Place de Vosges**"*, un lugar que ha mirado transcurrir, prácticamente desde la época de *Luis XIII*, los acontecimientos más importantes de la historia de Francia. Cerca de allí se encuentra el *"Hotel de Sens"*, un palacete donde viviera la mítica *Margarita de Valois —la reina Margot—*, esposa de *Enrique de Navarra* (protagonista de tantas intrigas, traiciones y amores prohibidos, así como testigo de la *"Matanza* *de San Bartolomé"*), el *"Hotel Salé"*, que hospedara a los cortesanos y hombres de confianza del citado *Enrique IV* (como los hugonotes *Gaspar de Coligny y Joseph de La Molle*) y por supuesto, el *"Hotel Carnavalet"*, en cuyos armarios aún se guardan los enseres personales de *Voltaire* y *Rousseau*…

En estas horas nocturnas me descubro a mí misma con una nueva personalidad, quien guarda el aspecto de una mujer joven y humilde   (doy la impresión de ser una sirvienta), ésta se siente muy fatigada y con un lancinante dolor de huesos, resultado quizás de tener la espalda encorvada todo el día, a consecuencia de estar fregando los pisos de la mansión a la que está subordinada.

Sin saber exactamente cómo, al ser víctima de una especie de *posesión psíquica*, instantáneamente empiezo a percibir sus sensaciones –por más sutiles e insignificantes que sean–, sintiendo hasta en carne propia el trato abrupto y cruel que le infringen sus patrones, al tiempo que desempeño un trabajo excesivo y escasamente remunerado, plagado de humillaciones y vergüenzas…

Así, mientras estoy fregando los pisos de la estancia de la lujosa mansión renacentista, sorpresivamente observo, a través de uno de los ventanales que dan a la calle, a una serie explosiones, acompañadas de grandes humaredas y de un griterío sin parangón, que lejos de aturdir mis tímpanos, de inmediato los ponen en alerta:

Cada vez más cerca, las voces expresan una incontrolable cólera de la multitud enardecida por la frustración de no hallar explosivos en el *"Hotel de Ville"* o en el edificio de *"Los Inválidos"*, incluso ni siquiera los encontraron en el arcaico almacén del *"Arsenal"*… Es menester acudir ahora o nunca al único lugar donde están pertrechados, ocultos a las miradas de los nobles y aristócratas…

Entonces, al grito estentóreo de: **Compañeros: ¡A las armas! ¡Abajo La Bastilla!** La muchedumbre corre por las calles (así sean: la *Saint Antoine*, la *Saint Paul*, la de la *Tournelle* o la *del Arsenal*) en dirección a la prisión más tenebrosa de la ciudad, allí donde se aplican los más inimaginables castigos al cuerpo y al espíritu: Sí, sí –como ustedes seguramente ya lo sabían desde antes de que empezara este párrafo–, se trata de la legendaria *"Bastilla"*…

> *Todos corren de prisa*
> *y murmuran: no hay tiempo*
> *el tic-tac de relojes*
> *resuena en sus cerebros*
> *y un río de voces, gentes*
> *con furiosos alientos*
> *se enfrentan a la cárcel:*
> *liberan prisioneros…*

II

Uniéndome al clamor popular y olvidando instantáneamente mi malestar físico, salgo a la calle portando una bayoneta que tenía escondida en un armario y que previamente me la había entregado en la clandestinidad, el *marqués de "La Fayette"*, el valiente jefe de la *Guardia Nacional* y quien se jugara la vida unos años antes, combatiendo junto a *Washington* en la guerra de independencia norteamericana.

Las elocuentes palabras de **Mirabeau** emitidas con gran emoción en la última **Asamblea del Tercer Estado**, resuenan en mi mente acicateándola todavía más, al grado de que casi entra en galope: Estas son:

– *"Es hora de reclamar los derechos que nos corresponden, pues todos los seres humanos nacemos iguales a los ojos de Dios y por lo tanto, no debemos soportar las vejaciones de quienes nos han sometido desde hace muchos años. ¡Abajo los clérigos y la nobleza! ¡Abajo la dictadura y su corte de esbirros! ¡Basta ya de tanto estropicio y pisoteo!"*

Sin importarme los pisotones y empujones que recibo por parte de la enfurecida turba, transcurren algunos minutos antes de que alcance a tomar conciencia de la situación. De repente me veo de pie, recibiendo aún los codazos de la gente, ante los altos muros de la citada prisión. Embriagada por el clamor colectivo de ***"Liberté", Égalité, Fraternité",*** y con una feracidad que en mí misma no conocía antes, le golpeo el cráneo a un guardia real, dejándolo sangrante y sin sentido en un rincón de la plaza.

Una vez dentro de la cárcel, me desplazo entre la gente que ha logrado entrar y desciendo a la carrera los peldaños que van directamente a los calabozos… Y al llegar al fin a estas lóbregas pocilgas, de tan malolientes que están, debido a la paja regada en el suelo que nunca cambian, que siento entonces incoercibles ganas de volver el estómago.

Allí se encuentran prisioneros algunos personajes importantes en el movimiento de la insurrección; sean proletarios anónimos, disidentes de partidos políticos (en el futuro serán los girondinos y los cordeleros), inflamados burgueses, aristócratas caídos en desgracia y hasta intelectuales subversivos y rebeldes.

> *Un pabilo en las tinieblas*
> *ilumina al fondo un sótano:*
> *Como de piedra hay un foso*
> *con esquirlas y guijarros*
> *con todo mi ser quisiera*
> *tener "**courage**" y cruzarlo*
> *la libertad y alegría*
> *me esperan al otro lado...*

Yo misma, con un manojo de pesadas llaves que introduzco rápidamente a las cerraduras de las celdas, les abro las puertas de la liberación. ¿La fecha? ***14 de julio de 1789***... En ese preciso instante se me descorre otro velo situado aun más profundamente en las adosadas capas de mi cebolla mnémica:

> *Rostros de las naciones*
> *que cambian como el viento.*
> *Transformación del alma*
> *y el corazón de un pueblo.*
> *Lejos quedan los siglos*
> *y puntos intermedios.*
> *Van quedando a la zaga*
> *sumisión y tormentos...*

Ahora poseo ciertos rasgos físicos que me identifican como un personaje que viviera en Francia en la época en que ocurriera el evento crucial que influyó decisivamente en otras naciones del mundo y que marca el inicio de la era de la "***Revoluciones***", ya que en diferentes puntos de la tierra ocurrirán fenómenos semejantes, así sea Europa, Norteamérica, o en otras colonias latinoamericanas.

De pronto el mundo entero va a sufrir una voltereta, pues como ya se ha dicho hasta el cansancio, una revolución es un *"cambio ilegal en condiciones de la legalidad"*, ya que comienza como un reto dirigido a una autoridad anterior y acaba por crear otra nueva.

Inmersa en este histórico contexto, el nombre de pila de la mujer que represento no es necesario que lo recuerde, además de que me llega a la conciencia con cierta nebulosidad. No estoy segura aún si me llamo *Thérese*, ***Théroigne*** o *Téroenne*, pero eso por lo pronto no tiene la menor importancia (sin embargo, en el último momento me queda la duda de que mi nombre real sea ***Théroigne de Mericourt,*** *una de las cortesanas más famosas de la época revolucionaria)...*

III

Después de tantas visiones
necesito un buen descanso
y una mano que me lleve
a mi niñez plena en cantos.
La tarde llena de música
como un bullicio de párvulos.
Chozas con sus chimeneas,
las voces de un campanario
y yo misma fascinada
voy bajando, voy bajando…

Empiezo a recordar con vaguedad que soy una mujer de origen campesino que nació en una de esas aldeas situadas en las cercanías de París, salpicadas de sembradíos de trigo y viñedos y constituida básicamente por chozas humildes, en donde sobresale el alto campanario de una pequeña iglesia, llamando a los feligreses a misa en las mañanas de domingo…

Situada en una fértil y húmeda campiña en los alrededores de *Chantilly* y *Compiègne* —unos cotos de caza de la nobleza— el lugar es transitado por numerosos canales bordeados de álamos de Lombardía. ¡Ah! ¡Es tan intenso el recuerdo que experimento ahora, que inclusive puedo escuchar los agitados susurros de la naturaleza mezclándose en una alegre melodía!

Por ejemplo las nubes, al ser movidas por el viento, parecen estar bailando en la cúpula celeste una especie de vals o de minué, mientras que el follaje temblón de los álamos se esparce en pinceladas acuáticas, al reflejarse en la tranquila superficie del Sena, a través de donde se está insinuando también mi figura juvenil…

Como he sido muy inquieta desde pequeña, ya que acostumbro hablar sola con las piedras, las flores y los pájaros, la gente piensa que cuando sea grande lo más probable es que pierda la razón. Pero al tener mi padre un criterio superior al que impera entre sus contemporáneos, ya que se dedica en sus ratos libres al ejercicio de la **Poesía** –quizás por lo mismo–, siempre acaba defendiéndome de todos aquéllos que mi critican pregonando así a los cuatro vientos que están equivocados y que en el futuro yo seré poeta, ya que tengo una extraordinaria tendencia a la ensoñación.

Sin embargo, debo agregar que pese a sus elevadas aspiraciones, él es un sencillo aldeano sin gran injerencia en la comunidad en la que vivimos, la que únicamente cuenta con los recursos que la educación elemental. Así, aunque al autor de mis días le hubiera gustado enviarme a un renombrado colegio de la capital, al no tener dinero en los bolsillos, no tiene otra opción que enviarme a la única escuela que existe en el pueblo donde se enseña la herramienta básica del intelecto. En suma: a leer y a escribir.

Y en esa turbulenta época –que como ya se sabe, será el preludio una revolución–, al arribar al aula y ser la única mujer de la clase, tengo que enfrentarme a las pesadas bromas que mis compañeros me hacen, pues ellos constantemente se ríen de mi burdo aspecto de aldeana, agregando que les parece cursi y fuera de sentido que sin tener títulos de nobleza y proviniendo de un núcleo humilde y vulgar, sea capaz de jugar con las metáforas y las rimas…

Mas esas preocupaciones cotidianas y pueriles que se producen por el cotilleo de cualquier pueblo aledaño a la *"Ile de France"*, no van a significar nada comparadas con las que están flotando ahora en el ambiente global de la nación, ya que un enjambre de voces colectivas presagian un cruento movimiento armado, en el que tarde o temprano, todos habremos de participar…

Los sucesivos reinados de *"Los Luises"* han sumido al pueblo en una miseria física y moral que espanta. Recuerdo por las noches las quejas de mi padre ante los atropellos que recibe de manos de los frívolos y jactanciosos nobles de la corte de **Versalles**, pues ellos desde siempre acostumbran entrar en nuestras tierras, sobre todo en ocasión de sus partidas de caza, organizadas ciertamente, con todo protocolo y pompa multicolor. Entonces, en forma irresponsable, sin importarles en lo más mínimo los desmanes que sus perros y caballos causan a su alrededor, sobre todo al concluir sus placenteras incursiones en los terrenos más cuidados de la comunidad, parecen burlarse de nuestro sufrimiento ante tantas atrocidades que nos causan. Inclusive tienen el descaro de negarse a pagar las cercas averiadas, el huerto pisoteado, las frutas echadas a perder y hasta las ovejas extraviadas en la campiña. Es triste ver perdido los esfuerzos de tantos años a causa de los destrozos que ocasionan esos livianos seres con sus inútiles excentricidades. En pocas palabras: no les interesa remediar el terrible desorden que dejan a su paso.

Nuestra comunidad es un ejemplo de lo que está ocurriendo en forma logarítmica en todo el país, de modo que el caos se va gradualmente a incrementar, al punto que es imposible de describir. Así es como se establece un verdadero imperio de pillaje y violencia, llegando a lo máximo de la brutalidad, en un momento en que nadie se respeta nada; pululando los malandrines por doquier, los cuales se roban las carretas llenas de trigo, incendian las chozas más modestas, violan a las mujeres y hasta las asesinan, apareciendo después en el Sena cadáveres flotando que nunca son identificados y que en consecuencia, van a parar a la fosa común. Además, ha crecido un mercado negro que especula para su conveniencia y donde *"el pez más grande se traga al pequeño"*, cayendo así los más desfavorecidos de la suerte en garras de comerciantes astutos e inescrupulosos. Lo peor es que en todo momento hay que cuidarse las espaldas, porque al mínimo descuido se corren graves peligros, incluyendo el hecho de ser vilmente golpeados por malhechores encapuchados, con evidentes consecuencias fatales.

Por la campiña francesa
va el Sena lleno de barro
en su corriente van restos
de seres asesinados...
Los vicios de gobernantes
que las arcas han vaciado
dejan que el pueblo padezca
un gran hueco en el estómago.
Ya no hay más fraternidad
en ese pueblo saqueado.
Ni libertad e igualdad
que son derechos humanos.

Todo ello se ha soportado irremisiblemente –incluso durante mucho tiempo– pero el gatillo que desencadenará la sangrienta revolución, (que de tan intensa, va a trascender los límites de las fronteras nacionales, ocasionando incluso que el *Imperio Austriaco*, el país de origen de la reina *María Antonieta*, tras su asesinato, le declare la guerra a Francia), es el hecho de haber elevado de manera estratosférica los precios de las hogazas de pan –ese sagrado alimento tan necesario en las mesas de los pobres– pues en la mayoría de los casos, es lo único asequible y capaz de saciar a los hambrientos estómagos.

En mi caso particular, como mi familia se fue desmembrando poco a poco, echándole la culpa a la miseria colectiva, así como al sucesivo fallecimiento de sus integrantes; yo misma tuve que viajar a la capital en la búsqueda de un trabajo que me sirviera al menos para poder comer, por más humilde y sencillo que se viera.

Así fue como fueron quedando sepultadas – posiblemente en algún herrumbroso cajón de mi memoria– mis incipientes aspiraciones literarias, esas prolijas cuartillas rimadas que venía escribiendo casi desde que me aprendí las letras del alfabeto latino; pues sin tener conciencia de mi propia tragedia existencial, por pura supervivencia renuncié a la vocación que me encaminaba a ir integrando, con toda paciencia y perseverancia, el contenido de la realidad, los sueños y la imaginación. Recuerdo que en esa época:

> *Veinticinco años tenía*
> *y era un geranio sin agua*
> *El hambre hacía de las suyas*
> *y mi alegría marchitaba*
> *Y el deber roía filoso*
> *el brillo de mi mirada…*
> *Mi caminar era un péndulo*
> *sin objeto y como a rastras.*

Si bien es cierto que la vida de los humildes es muy difícil; por el sólo hecho de ser mujer, es infinitamente peor, ya que a nosotras se nos consideraba inferior a los hombres en todos sentidos. Así, en esa época ninguna fémina tenía derecho a realizar elecciones personales, no había más salida que casarse, obedecer al marido y tener todos los hijos que la naturaleza otorgara, y si no se poseía la dote necesaria –ni siquiera para meterse a un convento– no quedaba otro recurso que ser una criada o una ramera. Lejos estaban de mi vista los estudios en algún Liceo o tan siquiera la posibilidad de obtener un empleo digno. En suma, se ejercía un condicionamiento social atrozmente injusto e intolerable.

> *Corrían los días despeñándose*
> *y las cosas no cambiaban*
> *Y muy atrás se perdieron*
> *los ideales de mi infancia.*
> *¿Naufragaría desde entonces*
> *mi taconeo de gitana*
> *y el trébol de buena suerte*
> *que la alegría me auguraba?*
> *¿Se perdería el horizonte*
> *de aspiraciones magnánimas*
> *la humedad entre los labios*
> *y el pensamiento con alas?*
> *¿Se morirían las frescuras*
> *de esas tardes encantadas*
> *los geranios en mis sienes*
> *y mis pechos de manzana?*
> *A pesar de los esfuerzos*
> *que empleé para rescatarlas*

miles de heridas sangrantes
fueron abriéndose en mi alma
como heraldos de agonía
que vaticinan las lágrimas…

No me da vergüenza confesar que tenía un apetito feroz, una hambre que venía arrastrando desde hacía muchos años; de modo que haciendo a un lado los escasos escrúpulos que me quedaban, una vez que llegué a *"La Ciudad Lux",* fui tocando de puerta en puerta solicitando empleo, de modo que al encontrarlo, una mañana me vi ataviada con un uniforme azul marino de corte sobrio y austero acompañado de un delantal blanco.

En suma: me había transformado en una mucama de una mansión aristocrática situada en una de las calles cercanas a *"La Place des Vosges"* (ese distrito habitado por nobles y demás favoritos de la realeza, lleno de edificaciones renacentistas al estilo de los nietos de los Médicis). Sobre mis espaldas debía llevar a cuestas el cúmulo de obligaciones que efectúan las humildes servidoras de los ricos y poderosos.

El quehacer y la rutina
la pesantez en la espalda
el traqueteo de los pisos
y la obligación impávida
daba vueltas en mi cráneo
como una música amarga…

IV

Sin embargo, los últimos acontecimientos ocurridos en el pasado mes de julio de 1789, a raíz de *"La Toma de la Bastilla"*, nos otorgaron a los humildes y menesterosos la fuerza necesaria para exigir la devolución del respeto y la dignidad humana, pisoteados durante tanto tiempo.

Y es precisamente por respeto y por dignidad que un grupo de intelectuales, representantes del pueblo en su mayoría, se dieron a la tarea de redactar sucintamente: *"La Declaración de los Derechos del Hombre"*.

Por dicha causa decidí adherirme al movimiento revolucionario, pues al igual que toda la multitud hambrienta, en mi alma también existía una herida sangrante, una lesión que no sería curada a menos que me enfrentase directamente al opresor.

No era posible permitir que los aristócratas continuaran con sus dispendiosas fiestas, que se embriagasen irresponsablemente disfrutando de la vida a costa de nuestros ominosos y oscuros empleos y que además de todo eso, echaran sobre nuestras espaldas sus deudas estratosféricas, producto de su amoralidad y despilfarros.

Han sido años de trabajar largas jornadas con la cabeza agachada, mirando siempre en el suelo la suciedad que había que limpiar. Así, durante el tiempo que trabajé de doméstica, jamás escuché algún halago o recibí una recompensa, un estímulo, o al menos una palmadita en el hombro, por más pequeña o insignificante que fuera… ¡Vamos! Ni siquiera las gracias por haberles hecho la vida un poco más llevadera. Confieso que siempre me la pasé viviendo en un estado mórbido y depresivo y por ende, llena de sentimientos de minusvalía y culpabilidad… ¡Sí! ¡Sí! Me sentía culpable de *"algo"* que no conocía y que sólo podía intuir, ya que sólo me pasaba volando como una ráfaga fugaz, en ocasiones como un terebrante dolor de cabeza, y en otras como de una opresión atroz en la garganta…

Por las noches, tendida en mi lecho y mirando fijamente hacia arriba, en dirección a las celosías del tejado —pues justamente dormía en el desván—, muchas veces me llegué a preguntar si en verdad era o no culpable, un maquiavélico ser continuamente me torturaba y hacía caer en crisis:

Hacia atrás, muy hacia el fondo
como un cangrejo de río
mi otro "yo" se mostraba
con todo su poderío
tenía un rostro ceniciento
textura de pergamino
y unos ojos que brillaban
con dureza de cuchillo...

V

Mi memoria languidece
en cárcel de oscuridad
y no encuentra un punto fijo
titubeando viene y va
Da vueltas en el vacío
hecho de tanto pensar
y en el fondo de las cosas
intuye la atrocidad:

De repente arriba a mi conciencia una especie de núcleo doloroso, una esfera vibrante que no cesa de bailar errática e inasible, que se prende y apaga en forma pulsátil, en suma: no existe nada en el mundo que se le pueda comparar:

Estoy entrando a un camino subterráneo muy oscuro, recordando que hace algún tiempo tuve un hijo –producto quizás de una debilidad– un lindísimo y tierno bebé que por circunstancias que no son fáciles de explicar, me vi obligada a dejarlo abandonado en manos extrañas. ¡Oh! ¡Dios mío! Siento que no puedo sentir recordando… ¡Qué confusión experimenta mi cabeza ahora!

El viento levanta polvo
en voces de penitencia
La madre busca a su hijo
extraviado en las tinieblas
Las sombras cubren las lápidas
y a mí me cubre la hiedra
Relojes de incomprensión
dan la hora y la sentencia…

Sé muy bien que el abandono de un vástago, de un ser que ha surgido de las propias entrañas, no tiene ninguna justificación, y en un momento dado, es el peor delito que una mujer puede llegar a cometer; sin embargo, en mi propio caso… ¡Dios mío! ¡Me duele tanto recordarlo! Desgastada por el excesivo trabajo de muchos años, mi salud lentamente se fue deteriorando, incluso llegó el momento en que comencé a manifestar perseverantes y continuas fiebres nocturnas, precedidas la mayor parte de las veces de accesos de escalofríos, acompañadas de dolor en el pecho y de tos con flemas amarillentas, esto es: un abundante esputo que en muchas ocasiones apareció manchado con sangre fresca.

Parecería que una fuerza
ajena a mí, algo extraño
me tirara de los hombros
atrayéndome hacia abajo:
cuevas con estalactitas
habitadas por murciélagos
y un polvillo en los pulmones
de continuo sofocando…

En esas condiciones tan difíciles y extremas, de ningún modo podía criar y educar a mi bebé, además de que éste corría el riesgo de contagiarse de mi enfermedad pulmonar. Por lo mismo, me preocupaba en grado sumo que si él me seguía acompañando en mi turbulenta vida, se le iban a consumir todas sus defensas, y como estaba muy desnutrido, no tendría ninguna oportunidad de sobrevivir. Así, el día en que lo abandoné tras las rejas del orfanatorio situado precisamente dentro del laberinto de pabellones que conforman el *"Hospital de La Salpêtrière",* con sus expresivos ojitos llenos de lágrimas y sus pequeños y delgados brazuelos extendiéndose hacia mí, la sensación que tuve fue horrible, incluso tuve tanto dolor que por un momento sentí que *se me partía el corazón.* A partir de entonces, una pavorosa sombra comenzó a cernirse sobre mi cabeza, ya que casi sin darme cuenta, mi motivación esencial decayó de un tajo, sumiéndome en el negro abismo de la depresión. Reconozco que jamás volví a ser esa persona combativa y enérgica que –pese a toda adversidad– había llegado a ser. ¿Qué derecho tenía de sonreír y aún de gozar de la vida, si mi querido hijo, que era lo más precioso que la vida me había otorgado, estaba sufriendo por mi causa? ¿Por qué cuando más me necesitaba cometí la cobardía de abandonarlo detrás de las frías celosías de un hospicio?

Algún tiempo después corrí arrepentida ante el mismo portón de hierro del orfanatorio donde lo había dejado recluido, con la firme convicción de recuperarlo; pero era ya demasiado tarde, mi bebé ya no se encontraba allí. Probablemente alguna familia lo había tomado en adopción llevándoselo consigo a un lugar lejano. Lo que ocurrió luego se va haciendo *en mi memoria* tan confuso y neblinoso que me parece que ha llegado a formar parte de una leyenda personal, pues yo misma, cada vez más enferma y desorientada, empecé a rondar sin descanso por los diferentes barrios de la ciudad, así fueran **Montparnasse**, **Montmartre**, **Les Tulleries**, **Les Halles** o **Les Marais**, siempre caminando por las calles y rincones más inesperados, con una túnica blanca hecha jirones con la que tomé el aspecto de *"fantasma de ultratumba"*, la que alcanzaba apenas a cubrir mi enjuto y dolorido cuerpo…

> *En la desnudez de un cielo*
> *ya sin nubes de esperanzas*
> *La enfermedad como fiera*
> *me enseñó todas sus zarpas*
> *y una tropilla de nervios*
> *eran las huestes ingratas*
> *con mil dolencias ampliándose*
> *en convulsiones que matan…*

Convertida en un guiñapo humano, en una miserable *"clochard"* que como tantos otros devienen en la basura de la sociedad, un día los miembros del equipo de sanidad de los hospitales, me refiero a los que pertenecen a los nosocomios públicos de París, quienes tienen la consigna de recoger a cuanto menesteroso encuentran en su camino, me descubrieron desmayada y aterida de frío bajo uno de los arcos de piedra del *"Pont Neuf"* –a la altura del muelle de *Conti*– de modo que tras cubrirme con unas gruesas frazadas, me trasladaron en una carretela al *Hospital de la Salpêtrière*, recluyéndome para siempre en la sala de alienados del pabellón *Mazarin*. ¡Qué ironía que en otro cobertizo muy cercano al que me habían encerrado, yo había dejado en mi juventud a ese hijo mío que nunca volví a ver! Así, sin tomar conciencia del número de años transcurridos allí, con la razón por completo perdida, en algún día de diciembre de la primera década del siglo XIX, encontré piadosamente la muerte.

VI

Y la sentencia: la nada
lo intrascendente, lo vacuo
el légamo pegajoso
del ningún significado
sólo lo estéril, la piedra
la cantera y el peñasco
el punto inmóvil del círculo
la hipotenusa de un falso...

Mi partida final ocurrió en una fría madrugada de invierno, en una especie de **"hora cero"** en que la sala de enfermos donde me encontraba estaba muy oscura, deshabitada de sol y de ternura, con la frialdad e indiferencia por parte de todos aquellos seres que por una u otra causa, se encontraban también allí... Yo estaba sudorosa por el desaforado esfuerzo —cada vez mayor— que tenía que hacer al respirar. Asimismo, a pesar de que alguna desconocida y piadosa mano me había colocado bajo la espalda unas almohadas para que así pudiera inhalar un poco más de aire; hubo un momento en que el movimiento de mi pecho se detuvo.

A través de unos cristales
vislumbro a una agonizante
en una marea de azules
de enfermeras, de aparatos
de bilis, saliva, sangre
y un suero que está goteando...
tiene la mirada fija

y la lividez del mármol:
¿Quién es esa sombra humana
amortajada en harapos?
Es mi organismo que yace
en un cuarto frío y aislado
donde se mueven los médicos
y los virus mercenarios...
Mi enfermedad va tomando
*el aspecto de **Thanatos**,*
me va sorbiendo la sangre,
me va cerrando los párpados...
Un sopor inexplicable
está en el aire del cuarto
La gente corre de prisa
con ademanes mecánicos:
Inyecciones de morfina
¡Zas! El masaje cardiaco
¿Cuál es la forma más digna
de morir en el humano?

Sentí entonces que caía vertiginosamente en un *agujero negro y profundo* –de tan profundo y negro que me es imposible describir–; de modo que, sin oponer ya ninguna resistencia, dócilmente sucumbí:

Semejante a la catástrofe
*de **Pompeya** y **Herculano***
un terremoto destruye
las paredes de mi cráneo.
Se precipitan los muros
al vacío, a lo increado
al origen de los tiempos:
*al **Génesis** del **Dios judaico**.*

De pronto empiezo a percibir unos toquecitos ininteligibles, muy alejados a la clase de sonidos a los que estaba acostumbrada, los cuales me provocan desconcierto y simultáneamente, un inusitado interés en comprenderlos:

Concavidades, silencios
vuelvo al agujero negro
el vacío que da mareo
sin parar gira mi cuerpo.
Y una porción de mi ser
trasciende a su nacimiento
y extraviada en un "Big-Bang"
busca sin cesar un eco…

– ¡Escúchame bien! – Me dice cuando menos lo espero *"mi hada madrina"* –. Ha llegado la hora de que te enfrentes al último de tus bloqueos, a esa obsesión perturbadora que no te permite deshacer un importante nudo emocional, pues a lo largo de tus numerosas vidas has estado confusa y no aciertas a encontrar la salida, por eso es que cada vez que regresas a este plano e interpretas el mismo papel en el "escenario de la realidad", independientemente de la época que sea, te detienes en el último escalón. Lo más triste del caso es que cuando estás a punto de llegar a la meta, inevitablemente te mareas y te caes y por eso es que vuelves al mismo punto de partida. Sin embargo "aquí y ahora" ya no quiero que te suceda lo mismo, pues estoy dándome cuenta de que de la consecución de tus objetivos dependen también los míos. Así es que no se diga más; voy a ayudarte por última vez:

Se desamarra una soga
que baja a un pozo de barro
Revuelve las sucias aguas
y como que busca algo
quiere encontrar los residuos
y rehacerlos y alentarlos
Su tensión la desespera
sólo hay sílabas nadando…

Hay algo que tú no has podido deshilvanar bien: me refiero a la diferencia básica entre dos conceptos que la humanidad suele confundir con frecuencia y que esencialmente se relacionan con los sentimientos amorosos. Por favor presta atención:

– El amor verdadero empuja al ser humano al crecimiento y a la evolución, disuelve los miedos, lo incita a conectarse con su prójimo y le incrementa las virtudes del alma haciéndolo generoso y comprensivo…

La lujuria, por el contrario, al empujarlo a la aterradora vorágine que conduce a la adoración del deseo carnal, le hace desarrollar ulteriormente los vicios más horrendos del espíritu, matando así

201

los impulsos más elevados que aún pudieran existir en su interior. Has de elegir entonces hacia qué camino dirigirte –termina la señora de hablar.

Siento de pronto como si en mi torpe cerebro se empezaran a mover una serie de jeroglíficos antiguos, que gradualmente toman el aspecto de letras, mismas que logro finalmente leer:

> *Y las sílabas se mueven*
> *se levantan de un desmayo*
> *forman lentamente un verbo*
> *que al conjugarse es:* ***"Te amo"***
> *Y el amor, pese a estar débil*
> *delgado y un poco pálido*
> *con letras de oro redacta:*
> ***Perdonar… Ser perdonado.***

¡Ah! Qué alegría experimento al escuchar nuevamente esa voz tan querida, que finalmente me ayuda a alcanzar la paz en mi espíritu. Mi querida *"hada madrina"*, amén de haberme iluminado con su infinito amor maternal, en todo momento me ha acompañado fiel a su promesa de no abandonarme nunca.

– *Ahora debes concentrarte lo mejor que puedas en este reloj que pende de mis manos y cuya cadenita voy a comenzar a mover…Luego contaré con suma lentitud en el mismo sentido en que se mueven sus manecillas* –me expresa con firmeza mi sabia maestra–. *A través de tal maniobra, sentirás que vas ascendiendo peldaño a peldaño por una escalera en espiral, y mientras lo haces, respirarás cada vez con mayor fuerza, para cuando llegue el instante en que mencione la última cifra, no tengas más remedio que abrir los ojos a la luz. Es el momento preciso de tomar conciencia de que estás en otra piel y en otro atuendo. Así, por más increíble que te parezca la nueva situación, esencialmente seguirás siendo la misma, esto es: un alma inmortal de ilimitado valor a quien la vida le ha concedido una nueva oportunidad de aprendizaje.*

Acabas de experimentar sólo algunos de los innumerables guiones que están inscritos en la enciclopedia de tu devenir existencial. Era necesario que los vivieras para que, al enfrentarte cara a cara con tu intrínseco Dolor, no sólo pudiera iniciarse el proceso de tu propia sanación, sino que también –una vez realizada esta última– pudieras proseguir el camino iniciado desde hace tanto tiempo y que –como bien lo sabes– hasta el final de esta existencia temporal, consistirá en intentar curar a las demás personas que te rodean. Por otro lado, como ya se me está haciendo tarde, pues tengo los minutos contados, alguien me ha avisado que debo regresar al mismo lugar de donde provengo. En pocas palabras: ha llegado la hora de despedirme de ti. Antes de contar del uno al doce: ¿Me permites que te de un beso en la frente?

(En ese instante yo fugazmente recuerdo la imagen de una hermosa mujer bíblica que tiene una **serpiente** *bajo sus pies. El animal parece que va a morderle el calcañal, pero antes de que lo haga, la joven le aplasta su cabeza).*

VII

De este modo, cuando una vez más ella me ordena levantar los párpados, lo primero que distingo en esta dimensión actual– una vez que mi vista se acostumbra a la intensa luz del sol en el cenit–, es que llevo puesto en el cuello la cadenita de oro donde cuelga mi hermoso reloj de esmeraldas.

¿Habré sufrido una alucinación y en realidad jamás lo hube extraviado? ¿Actuaría como un punto crucial que "*revolucionó*" mis navegaciones a través de galaxias imaginarias, de la misma forma que cuando un niño se sube a un carrusel fantástico? Me parece que nunca lo sabré.

Poco después, ya más despejada y hasta con ganas de adaptarme a mi entorno actual, me voy caminando por la atestada avenida hasta situarme frente al escaparate de una tienda de artesanías, donde vagamente recuerdo que –en algún otro momento de mi historia– exactamente frente a su cristal, hube detenido mis pasos confusos y desorientados. Allí parece que me están esperando los mismos *espejos venecianos* donde ciertamente me mirara hace ya tanto tiempo, de tal forma de que ahora mismo siento la tentación de volverlo a hacer... Y en ese momento ¡Oh! ¡Dios, mío! ¡Qué alegría experimento! Las brillantes superficies de azogue me confirman que estoy bien situada en la realidad, devolviéndome de pronto (quizás por una inmensa generosidad del Creador), la figura de una mujer hermosa y esbelta, sobriamente vestida con un traje sastre blanco estilo *Chanel*, cuyos largos cabellos lucen recogidos hacia atrás por una peineta de carey.

Entonces y quién sabe por qué, en el interior de la misma tienda a alguien se le ocurre encender un estereofónico, llegando a mis oídos las notas de cierta melodía, cuya letra me produce una *cascada de emociones*, inclusive me identifico con ella, ya que su última parte dice así:

> *Y si quieren saber*
> *de mi pasado*
> *es preciso decir*

una mentira
les diré que llegué
de "un mundo raro"
que no sé del dolor,
que triunfé en el amor
y que nunca he llorado…

Sutilmente esa canción de **José Alfredo Jiménez** me sitúa en el "*aquí y ahora*". Contenta, alcanzo a mirar con ojos extasiados el colorido ambiente que me rodea: incluso soy capaz de discernir las voces de la muchedumbre, quienes a través de su característica actitud festiva, me confirman que me encuentro en **"La Avenida Revolución"**, el eje principal de la ciudad de *Tijuana, Baja California*; que se extiende prácticamente desde el *palacio del Jai-Alai* –un imponente edificio con influencia morisca, donde tradicionalmente se ha jugado desde hace más de medio siglo la pelota vasca– hasta el *Arco de la Hispanidad*– la moderna construcción levantada en los primeros años del tercer milenio y que como es debido recordar, marca prácticamente la frontera entre *México* y los *Estados Unidos…*

Un poco antes de que este controvertido personaje femenino se disuelva en mi mente o se vaya caminando hacia el futuro (en donde no sólo tiene la posibilidad de trascender los límites de la frontera internacional, sino los dibujados por los infinitos vericuetos del destino), su silueta se detiene a observar unos segundos la curveada línea del *Reloj Monumental…*

Entonces, al fundirse su mirada en el horizonte –más allá del segmento superior del arco parabólico–, siento de súbito que algo me saca de mi ensimismamiento: inclusive parece ser una pequeña manecita que me está jalando la falda…

– *¡Mamá! ¡Mamá! Ya me cansé de tanto caminar… Mis pies son aún muy pequeños y ahora mismo me están doliendo mucho… ¡Cárgame por favor y llévame de regreso a casa! Quiero volver una vez más al hermoso lugar que me viera nacer en la madrugada de los tiempos, a la cumbre nevada de los majestuosos volcanes del Valle de México…*

Y en medio de tantas emociones, escucho nuevamente el coro de los fantasmas femeninos que me han hecho dar tantos periplos a lo largo de mi devenir:

Las voces de los fantasmas
dejaron de ser enigmas
Son madres y son abuelas
que me brindan sus caricias
me aconsejan ser valiente

que tenga fe y alegría
que deshaga mis bloqueos
y camine hacia la cima.
Siento de pronto una fuerza
Que parece ser divina:
Vuelvo a sentir que en mi vientre
está la esperanza misma…

Y finalmente la tierna voz de un pequeñín inquieto se confunde con la que canta el corolario del poema:

A los volcanes asciende
una procesión nocturna
Lleva a un niño pequeño
cuya voz es dulce y única
Ha nacido de mi vientre
de mi amor y de mi angustia
Ya amanece… ya amanece
El horizonte es de púrpura…